U0909558

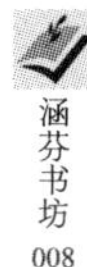

涵芬书坊
008

爱之路

散文诗集

〔俄〕伊·谢·屠格涅夫 著
黄伟经 译

商务印书馆
创于1897 The Commercial Press
2012年·北京

Иван Сергеевич Тургенев

ПУТЬ К ЛЮБВИ

СТИХОТВОРЕНИЯ В ПРОЗЕ

涵芬楼文化 出品

新版译者前言

黄伟经

屠格涅夫散文诗集《爱之路》，我自 1961 年译出，随后报刊选登、香港《文艺世纪》连载，“文革”中被斥为“封资修大毒草”。到 1981 年首印单行本，90 年代三次重版、十多次重印。不觉间，迄今已历半个世纪。

屠格涅夫的主要著作，特别是他晚年写的散文诗，内容丰富，语言简洁、生动，有一个共同的永恒主题：张扬一切美好事物，鞭挞假、丑、恶，讴歌人类善的、美的心灵，尤其是歌颂爱，歌颂爱情，歌颂人性的纯朴、平和、怜悯与真诚。我想，所有这些，就是他的散文诗之所以被许多国家译成多种文字流传、广为读者喜爱的根本原因。

久有盛誉的商务印书馆，向来出书严谨。他们对拙译《爱之路》有兴趣重版，我欣然同意，旋即签约，决定保留拙译本原貌，重排印行。趁此机会，我将拙译本认真校阅了一遍。

屠格涅夫散文诗，在我们大陆老一辈知识分子和大学生中，曾拥有众多读者。时至今日，社会上虽然物欲横流，沉渣浮起，但我们也看到，许许多多青年有智慧、有能力，自强不息，有所作为。我相信，他们将同老读者一样，爱读和能够理解、欣赏屠翁的散文诗。

2011年7月5日

写于广州默耘居寓所

一份珍贵的世界散文遗产
——代译序

袁　鹰

整整 100 年以前，1882 年 12 月，长年旅居巴黎附近布吉瓦尔的屠格涅夫写完散文诗《我的树》。这是他从四年前开始写的散文诗的一篇。恐怕作家自己还不曾预料到这是他最后一篇散文诗。他从这年 2 月起，就由于脊椎癌缠绵床褥，痛苦地度着卧病生涯。托尔斯泰曾远道来信慰问，真挚恳切地劝他安心养病。而屠格涅夫本人则感到生命之火正在渐渐走向熄灭，已经油尽灯枯，精疲力竭了。但他在复信中还是劝托尔斯泰再多做些文学工作，自己也撑持病体，断断续续地写他的散文诗。就在写《我的树》以后一个月，又因囊肿动了手术。此后，只能辍笔；到了 1883 年 9 月 3 日，溘然长逝于远离俄罗斯祖国的异邦。他的 82 篇散文诗，便成为这位文豪最后一部心血结晶，也是他在《猎人笔记》、《罗亭》、《贵族之家》、《前夜》、《父与子》、《烟》直到《处女地》等等小说、剧本、诗歌之后，向人类献出的最后一份珍贵的财富。

这 82 篇散文诗，在屠格涅夫生前，除陆续发表过一部分以外，不曾结集出版。直到他逝世后四十多年，即 1930 年，才出版了单行本，也只收了已发表的 51 篇。巴金同志曾根据英文本译成中文，在解放前由文化生活出版社出版，向中国读者和文学界较完整地介绍了这份世界散文遗产。巴金同志主持的文化生活出版社，在 30 年代到 40 年代翻译出版了屠格涅夫几乎全部的长短篇小说，给处于文化饥渴状态的中国读者特别是青年读者以丰美的精神食粮，这是中年以上的读者至今都念念不忘、深深感激的。但是巴金同志译本所根据英文译本，毕竟只有 51 篇，对于渴望阅读屠格涅夫全部散文诗的读者，终是一件憾事。现在，黄伟经同志译的屠格涅夫散文诗集《爱之路》，由湖南人民出版社出版，弥补了这一缺憾，使我们得窥全豹，屠氏作品爱好者们当然十分高兴。作为介绍屠氏散文诗的先驱者的巴金同志，看到后来者努力跟上来补齐前辈当时限于客观条件之不足，想来也会欣然颔首的。

近年来，我曾经有点担忧，我们为数不少的青年读者（这里说的自然不是那些立志以研究外国文学作为自己的事业的），欣赏外国文学作品的水平，似乎总离不开《基督山伯爵》和《飘》（这里也并无一笔抹杀这些作品的价值之意），甚至沉湎于推理小说、破案小说以至一些格调更低劣的东西。中年以上的读者，才对巴尔扎克、莫泊桑、托尔斯泰、果戈里、高尔基和狄更斯、高尔斯华绥等文豪的作品有较大兴趣。而对俄国 19 世纪另一位文化巨人屠格涅夫，尽管他那些充满诗的魅力的长篇巨制，在 30 年代到 40 年代中，曾经风靡了许多像我这样的知识青年，但今天的青年读者对这位被高尔基誉为 19 世纪俄国文学和现实主义杰出代表之一的大文豪，有没有多大兴趣呢？如果说人们喜欢读《罗亭》或者《贵族之家》，对他的散文诗能不能接受呢？事实证明：这种担忧有点多余。《爱之路》去年六月印出第一版 36000 册，不到三个月就销售一空，今年四月，又印了 40000 册。这件事很叫人高兴。以我国读者人数之众，76000 册实在不算什么，但如果了解我们目前出书之繁难、印数征订过程之不尽合理，就可以知道这 76000 的数字来之不易了。君不见，为纪念鲁迅诞辰 100 周年的新版《鲁迅全集》，去年初版不是也只印 36000 部吗？

这就说明，屠格涅夫的散文诗在作家去世 100 年后，又在吸引、征服着我国新一代的读者。82 篇散文诗，像 82 颗晶莹璀璨的夜明珠，继续散发着熠熠动人的光彩。作家是在他 65 年生命的最后五年中随手写下这些篇章的。如前所说，他在生前只陆续发表了 51 篇。他似乎并未打算以这些散文诗为自己已经享有盛誉的文学事业再增添一份光耀。但正因为是在一生最后的年月写的，我们也不妨把它们看作是作家对自己生活、思想和文学事业所作的诗的总结。这里凝结了他深邃的思想和浓烈的情感。从这里，我们可以感受到一个客居异邦的游子对祖国的深沉的热爱，感受到一个反对农奴制的资产阶级民主主义战士对光明的执着的向往，感受到一个在疾病和寂寞中日趋迟暮的老人对美好事物的无限依恋。从这里，我们可以得到智慧、美感和力量。试看这篇写于 1882 年 6 月题为《俄罗斯语言》的杰作：

> 在疑惑不安的日子里，在痛苦地思念着我的祖国的命运的日子里，——给我鼓舞和支持的，只有你啊，伟大的、有力的、真实的、自由的俄罗斯语言！要是没有你——想起家乡发生的一切，怎能不叫人绝望呢？然而，这样一种语言如果不是属于一个伟大的民族，那是不可置信的啊！

在这短短的（译成汉字也只有一百零几个字）一篇里，浓缩了、凝聚了千言万语。屠氏长年客居西欧，亲身体会到西欧贵族、资产阶级和上层知识界对包括俄罗斯民族在内的东方民族的歧视和优越感，即使对屠格涅夫这样出身贵族门第而且享有文名的大作家，当时也还有人高傲地评论他的文学成就得力于西欧文化的影响。屠氏对这种可笑的偏见不置一喙，而是将自己对祖国、对俄罗斯民族、对故乡的深情的忆念和诚挚的爱，溶进这篇短短的散文诗里。100 年后我们再读此篇，依然能听到他那发自肺腑的深沉的呼喊。我很想向我们的青年读者推荐这篇散文诗，也想建议中学语文老师把它选入语文教材，来教育青少年们热爱我们伟大的祖国、伟大的民族和丰富优美的民族语言。

散文诗以抒情为最大特色。有的散文诗哲理性较强，其实也是升华了的抒情文。屠格涅夫是最擅于写情的。他的那些长篇小说固然细腻入微，就在短小的散文诗中，也莫不如是。不是有人称他为“写情圣手”吗？作为这部散文诗集书名的《爱之路》，就是一篇杰出的代表作：

一切感情都可以导致爱情，导致热烈爱慕，一切的感情：憎恨，怜悯，冷漠，崇敬，友谊，畏惧，——甚至蔑视。是的，一切的感情……只是除了感谢以外。

感谢——这是债务；任何人都可以摆出自己的一些债务……

但爱情——不是金钱。

据译者说，这篇散文诗的俄文不过三十几个单词，译成中文也不到 81 个汉字，却闪烁着深邃的思想光辉。“爱情——不是金钱。”

六个字（俄文单词只有三个），掷地可作金石声。屠氏写此文时是1881年6月，上距《共产党宣言》（1848年出版）三十多年。我们没有材料证明屠氏曾经读过“资产阶级撕下了罩在家庭关系上的温情脉脉的面纱，把这种关系变成纯粹的金钱关系”那句名言，但他从多年沉浮在贵族资产阶级上层社会中所作的深刻的观察和高度的概括，实在远远超出于同时代的许多人。爱情决不能用金钱换取，到今天也仍然是生活的真谛。

屠格涅夫散文诗充满了迷人、动人的诗情画意。仿佛他在用一支芦笛信口吹几句，却奏出一支使人心弦颤抖的哀惋的乐曲；仿佛他在漫不经心地勾勒几笔，却成了一幅清新秀丽的俄罗斯乡土风情画。屠格涅夫创作风格上这一特色，在那些长短篇小说中都比较充分地显露过，在散文诗里就更加突出了。英国批判现实主义大师约·高尔斯华绥在他的《六位小说家的侧影》中，曾经带有偏见地指责屠氏散文诗“因为忸怩作态会破坏真正的诗意”。西欧人可能不大能理解俄罗斯文学中真正的诗意。他认为“诗意简直就是不由自主的情绪和感情的迸发”，说得也不准确，但他推崇屠格涅夫“是小说家中最优秀的天生的诗人”，“他这个人，对这个新时代来说，未免太平稳，本质上太富诗意。”（《空中楼阁及其他》）则是恰切的，符合屠氏的实际状况。高尔斯华绥还说到屠氏的“俄文文体很优美，甚至译成外文后，它那文体的魅力和基本韵味大多仍然没有消失。”（以上转引自《江南》文学季刊1982年第二期）这也说得很对。想起年轻时读《罗亭》和《贵族之家》，我很惊佩于作家文笔之优美典雅。也可能由于译者陆蠡、丽尼都是散文家，能够传神地保持了原作浓郁的诗意，使我们简直觉得不是在读外国作品，而是在读中国的散文或者诗歌。现在读《爱之路》，同样有这种感觉。译文不仅在内容和风格上忠实于原著，而且也保持了典雅的、富有诗情的笔调。有些像格言式的篇章，也没有译成经典的语录体，例如上面全文引的《爱之路》，精炼是精炼得无以复加了，但它仍是一篇隽永的散文诗，蕴含着蕴藉的诗意美。而且，是一篇可以称之为“美文”的散文诗！

《爱之路》译者黄伟经同志从20年前就开始致力于这件艰苦的事业，十年动乱前译出全部初稿。近几年来，在繁重的编辑工作之余，孜孜不倦地又重校正过。园丁的辛勤，值得人们钦佩和感谢。他在译本后记中对屠氏散文诗作了要言不繁的分析和评论，其中许多都是精当而有见地的。

1982年6月于杭州

目 录

爱之路

第一部分 暮年吟

第二部分　新的散文诗

附录

爱之路

散文诗集

第一部分

暮年吟

村

六月[①]的最后一天。周围一望无垠的[②]俄罗斯啊——我的故乡。

整个天空染满均匀的蓝色；天上只有一片云彩——不知它是在飘浮呢，还是在消散。没有风，天气晴和……空气呢——像刚刚挤出的牛奶那样新鲜！

云雀在高声鸣叫；鼓胸鸽在咕咕低语；燕子在静悄悄地飞掠；马儿有的在打着响鼻，有的在嚼草，狗儿没有发出吠声，站在一旁温驯地摇着尾巴。

空气里呢，散发着烟和青草的气味——还夹杂着一点儿松脂和一点儿皮革的气味。大麻田里大麻花盛开，散发着浓郁的令人愉快的芳香。

一条深深的，但缓缓倾斜的沟壑。两边长着好几行爆竹柳，枝叶婆娑，下边的树干却已龟裂了。一条小溪顺着沟壑流去；透过碧清的涟漪，溪底的小石仿佛在颤动。远处，在天空和大地尽头的边缘上，闪现着一条大河的碧流。

---

① 一些俄文版本，印的是七月。

② “周围一望无垠的”，直译为：“周围 1000 俄里之内的”。

沿着沟壑——一边是整齐的小粮仓，门儿紧闭着的小贮藏室；另一边是五六间木板屋顶的松木小农舍。每个屋顶都竖着一根装有椋鸟巢的高高的杆子；每家的小门廊上，都装饰有一匹铁铸的短鬃小马。粗糙不平的窗玻璃上，辉映出七色彩虹。木板套窗上描绘了花瓶。每座小农舍前，都端端正正地摆着一张完好的条凳；几只猫儿在墙脚周围的小土堆上蜷成一团，耸着透明的耳朵；高高的门槛后边，现出凉爽、幽暗的前室。

我铺开马衣，躺在沟壑的边缘；四周围——一堆堆刚刚割下的干草，散发着使人懒洋洋的芳香。机灵的主人们，把干草散放在小农舍前边：让它在向阳处晒得更干透一些，然后再从那儿放到草棚去！要是睡在那上面，再舒服不过了！

孩子们鬈发的头，从各个干草堆里钻出来；几只有凤头的母鸡，在干草中寻觅着小昆虫和小甲虫。一只白唇小狗，在蓬乱的草堆里打滚。

亚麻色头发的少年们，穿着洁净的低束着腰带的衬衫，足蹬笨重的镶边皮靴，胸部靠在卸了马的大车上，彼此以几句敏捷的话互相谑笑着。

一个圆脸的年轻女人，从窗口伸出头来探望；她笑着，不知是听了他们的话发笑呢，还是在笑干草堆里喧闹的孩子们。

另一个年轻女人用两只有力的手，从井里拉出一个湿淋淋的大吊桶……。吊桶不住地颤抖，在绳子尾端摇晃，掉出长长的闪光的水滴。

在我面前，站着一个年老的女主人，穿着新的方格布裙子和崭新的棉鞋。

一挂大空心串珠在她黝黑、干瘦的脖子上绕了三圈；一块染有红色斑点的黄头巾裹着她的头发；它一直低低地裹到黯淡无神的眼睛上边。

可是，她那双老年人的眼睛却含着欢迎的笑意；整张布满皱纹的脸上，堆满了笑容。想必这老太婆已经年逾六旬了……然而即使是现在，也还可以看出来：她年轻时候曾是个美人！

她伸开晒黑的右手手指，直接从地窖里拿出一瓦罐上面浮着一层奶脂的冷牛奶；瓦罐外壁上满是露珠，活像许多小玻璃珠子。老太婆用左手掌递给我一大块还热烘烘的面包。“吃吧，”她说，“为了你的健康，过路的客人！”

一只雄鸡忽然啼起来，并且急忙拍着翅膀，响应它的是一头拴着的牛犊不急不忙的哞哞声。

“哎呀，多好的燕麦啊！”传来我的马车夫的话声。

啊，俄罗斯自由自在之村的富足、宁静和丰饶啊！啊，安静和美好啊！

我于是想到：对我们说来，这萨尔格勒[①]的圣索非亚教堂圆顶上的十字架，以及我们城里人所孜孜追求的一切，又算得什么呢？

一八七八年二月

① 萨尔格勒，或称皇城，是古时俄国对拜占庭帝国的都城君士坦丁堡的称呼。

对　话[①]

不论是少女峰，不论是黑鹰峰[②]，都还不曾有过人的足迹。

阿尔卑斯山巅……。连绵不绝的悬崖峭壁……。群山最中心的地方。

群山上面，浅蓝色的、晴朗的、平静的天空。凛冽、冷酷的恶寒；坚硬、闪光的白雪；风吹冰封的、巨大的山岩，在雪中巍然耸立。

两座大山，两个庞然大物，耸立在天陲的两边：少女峰和黑鹰峰。

少女峰对邻居说道：

“你可以说说什么新鲜的事情吗？你比我看得更清楚。那儿下

① 据《屠格涅夫文集》编者注释，这篇散文诗取材于俄罗斯卓越的作家和历史学家尼古拉·卡拉姆津（1766–1826 年）的《俄国旅行家书简》。卡拉姆津在 1789 年 8 月 29 日的书简里，描写少女峰和黑鹰峰两个山峰时写道：“任何死亡的事物都碰不着它们。”

② 少女峰和黑鹰峰都是瑞士伯尔尼阿尔卑斯山脉的高峰。前者高 4116 米，有许多冰川，人们第一次登上它的顶峰是在 1811 年 8 月；后者又名芬斯德拉洪峰，高 4275 米，长年积雪，人们在 1812 年 8 月第一次登上它的顶峰。

边有什么呢？”

几千年过去了：一瞬间而已。接着，黑鹰峰吼声回答道：

“密密的云层遮住了大地……。你等一会儿吧！”

又几千年过去了：一瞬间而已。

“那么，现在呢？”少女峰问道。

“现在，我看见了；下边那儿，一切如故：形形色色，又细又小。流水碧绿，森林发黑；一堆堆密密麻麻的石头呈灰色。在它们附近，瓢虫们[①]依然在蠕动，你知道，他们就是一次也还没能够亵渎你和我的两脚动物。”

“是人吗？”

“是的，是人。”

几千年过去了：一瞬间而已。

“那么，现在呢？”少女峰问道。

“看去好像瓢虫少了些，”黑鹰峰吼叫道。“下边变得更明朗了；水流缩小了；森林变得稀疏了。”

又几千年过去了：一瞬间而已。

“现在你看见什么呢？”少女峰说道。

“在我们旁边，附近，好像干净了，”黑鹰峰回答，“喏，在远处，在盆地那边，还有斑斑点点，有什么东西在动着。”

又过了几千年——一个一瞬间，少女峰问道：

“现在呢？”

“现在好了，”黑鹰峰回答，“到处都变得干干净净，全是一片雪白，你无论往哪儿看……。到处都是我们的雪，均匀的雪和冰。

---

① “瓢虫”，也可译为“小虫子”或“小甲虫”，转意是指“微不足道的”。

一切都给冻僵啦。现在好了，安静了。”

“好，”少女峰悄声说。“不过，老头儿，我和你闲谈也谈够啦。现在是瞌瞌眼的时候了。”

“是时候了。”

大山们睡去了；蔚蓝的、晴朗的天空，也在永远沉寂的大地上空睡去了。

一八七八年二月

老妇人[1]

我孤独地在广阔的原野上走着。

突然，我仿佛觉得背后有轻轻的、小心的脚步声……。有人在跟踪我。

我回头一看——于是看到一个矮小的、驼背的老太婆，她全身裹着褴褛的灰色衣裳。只有老太婆的脸，从褴褛的衣衫里露出来：这是一张蜡黄的，起皱纹的，尖鼻子的，没有了牙齿的脸。

我走到她跟前……。她站住了。

“你是谁？你要什么？你是乞丐吗？你在等着施舍吗？”

---

① 屠格涅夫生前的好友路德维希·皮切在《国外评论评屠格涅夫》一文里，谈到这篇作品时写道：“甚至连许多他最亲近的朋友都不知道，就在老年的忧郁越来越折磨着屠格涅夫的这个时期，他写了许多富有诗意的感想，回忆和寓言。这些作品，有的充满悲剧性的内容，有的表现出大无畏的勇敢精神，有的呈现出引人入胜的优美的画面。他把这些作品统称为 *Senilia*（《暮年吟》），看作是一个老人的梦景。其中，有许多篇的内容是他在睡梦中梦见过的，例如虚构的故事《老妇人》就是其中之一。在这篇作品中，他异常明显地描写了老死的不可避免。有一年夏天，在柏林，当儒略·施米特和我跟他一起度过的那个傍晚，他给我们讲了这个梦。我们当时听了，出了一身冷汗。当时，我曾把我听到的这个故事记了下来，以《梦》为题发表在 *Schlesische Zeitung*（《西里西亚报》）杂感栏上。”

屠格涅夫读了这篇杂感，于 1878 年给路德维希·皮切的信中写道：“您正确地转述了我的《梦》；只是使我有点惊讶的是，您把它发表出来，已引起亲爱的读者应有的注意。”

老太婆没有回答。我俯身去看她，发觉她两只眼睛都蒙着一层像有些鸟类常有的那种半透明的、泛白的薄膜：鸟儿就用它来保护自己的眼睛，以免受到强光的刺激。

可是，老太婆那膜却一动不动，不让瞳仁露出来……因此我断定，她是个瞎子。

“你在求人施舍吗？”我重复问道。“你为什么跟着我呢？”可是，老太婆依然没有回答，只是稍微瑟缩了一下身子。

我转身避开她，继续走自己的路。

这时，我又听到背后轻轻的，匀整的，好像悄悄地走路的脚步声。

“又是这个老妇人！”我想道。“她为什么老缠着我？”可是，我马上又想到：“大概是由于眼瞎了，她迷了路，现在就跟着我的脚步声走着，想和我一道走到有人烟的地方去吧。对，对，是这样。”

可是，一种奇异的不安，渐渐地攫住了我的思绪：我开始觉得，老太婆不仅是在跟着我走，而且她还在指引着我，她在推着我一会儿向右，一会儿向左，我也不由自主地服从着她。

我还是继续走着……。可是，你看，在前边我正走着的路上，有个什么东西在发黑和扩大……似乎是个坑穴……。

“坟墓！”我脑子里闪出一个念头。“你看，她要把我推到哪儿去呀！”

我急忙向后转过身……。老太婆又在我前边……。但这一回她看得见了！她那对像猛禽的眼睛一样凶恶、冷酷的大眼睛望着我……。我走近她的脸，看她的眼睛……又同样是没有光泽的薄膜，同样是一张瞎了眼的、呆板的脸庞……。

“哎哟！”我想道……，“这个老妇人正是我的命运的化身。

那是人逃脱不了的命运啊！”

“逃脱不了！逃脱不了！有什么值得精神失常？……应该试一下。”我于是朝另一个方向奔去了。

我急急忙忙地走着……。可是，轻轻的脚步声依然在我后边沙沙地响着，很近，很近……。于是在前边，又出现着一个黑糊糊的坑穴。

我又转身朝另一边走去……。后面又响着同样的沙沙声，前边又同样是一个可怕的黑窟窿。

我像被追赶的一只野兔，不论奔向哪儿，……全都是一样，一样！

“站住！”我想，“让我骗一骗她吧！我什么地方也不走了！”——于是，我即刻坐到地上。

老妇人站在我后边，离我两步远。我听不到她的声音，可是，我感觉得到她就在那儿。

突然，我看见：前边那个黑魆魆的窟窿，在移动着，正在向着我移来！

天哪！我回头一看……。老妇人正盯着我——而且，歪着没牙的嘴在狞笑……。

“你将逃脱不了！”

一八七八年二月

狗

我们两个在房间里：我的狗和我。屋外，呼啸着可怕的、非常猛烈的暴风雨。

狗坐在我面前——它直望着我的眼睛。

而我也瞧着它的眼睛。

它好像想对我说些什么。它缄默，它不语，它不了解它自己——但我了解它。

我明白，在这一瞬间，它和我有着一个同样的感情，我们之间并没有任何不同之处。我们都相同；我们各自都燃烧着和闪耀着同样时隐时现的一点火花。

死，展开自己冷酷、宽大的翅膀，突然飞起，向它猛扑过去……

于是，完啦！

有谁后来能弄清楚，我们各自燃烧过的是什么样的火花呢？

不！这不是畜牲，也不是人在彼此相觑……

这是两对同样的眼睛在互相凝视。

于是，在这两对眼睛中的每一对，不论是畜牲的，还是人的——同样一个生命，正在胆怯地跟另一个生命接近。

一八七八年二月

对　手

我曾有过一个同学——一个对手；他并不是我事业上的，也不是我职务上或者爱情上的对手。可是，在任何事情上，我们的见解都不一致，因而当我们每一次见面时，我们之间老是发生没完没了的争论。

我们争论着一切：艺术，宗教，科学，尘世的和阴间的生活——特别是阴间的生活。

他是个信教的和热情洋溢的人。有一次，他对我说道：

“你嘲笑一切；可是，如果我比你先死，那么我会从阴间来看你……。那时，让我看你是不是还笑得起来？”

后来，他的确比我先死了，当时他还年轻；然而，过去了好几年，我也已经渐渐忘掉了他的诺言——他的威吓。

有一天晚上，我躺在床上——我不能，也不想入睡。

房间里，不明亮，也不很黑；我开始向灰白色的朦胧处望着。

于是，我突然间仿佛觉得，在两个窗口中间站着我的对手——他慢慢地、悲伤地从上而下摇着头。

我不害怕——甚至也不惊讶……不过，我稍微抬起身，用臂肘支撑着，更加聚精会神地注视着突然出现的幽灵。

那幽灵继续在摇着头。

“怎么？”我终于低声说道，“你是在感到高兴呢？还是在懊悔？你这是什么意思——是在警告呢，还是在责备？……或者你希望让我明白，你过去是不正确的呢？还是我们两个都是不正确的？你感受到什么呢？是地狱的苦难呢？还是天堂的快乐？哪怕你说句话也好！”

可是，我的对手连一个单音也没有发出来——只是像先前那样悲伤地和恭顺地摇着头——从上而下地摇着。

我笑了起来……他消失了。

一八七八年二月

乞丐

我在街上走着……一个乞丐——一个衰弱的老人挡住了我。

红肿的、流着泪水的眼睛，发青的嘴唇，粗糙、褴褛的衣服，龌龊的伤口……呵，贫穷把这个不幸的人折磨成了什么样子啊！

他向我伸出一只红肿、肮脏的手……。他呻吟着，他喃喃地乞求帮助。

我伸手搜索自己身上所有口袋……。既没有钱包，也没有怀表，甚至连一块手帕也没有……。我随身什么东西也没有带。

但乞丐在等待着……他伸出来的手，微微地摆动着和抖颤着。

我惘然无措，惶惑不安，紧紧地握了握这只肮脏的、发抖的手……。"请别见怪，兄弟；我什么也没有带，兄弟。"

乞丐那对红肿的眼睛凝视着我；他发青的嘴唇微笑了一下——接着，他也照样紧握了我的变得冷起来的手指。

"哪儿的话，兄弟，"他吃力地说道，"这也应当谢谢啦。这也是一种施舍啊，兄弟。"

我明白，我也从我的兄弟那儿得到了施舍。

一八七八年二月

“你得听蠢人的评判……”[1]

你得听蠢人的评判……[2]

——普希金

你永远说着真理，我们伟大的歌手；这一次，你又说出了真理。

“蠢人的评判和众人的嘲笑”……。谁没有经受过这两回事呢？

这一切都可以——而且也应该忍受；但谁有能力——就让他不去理会吧！

然而，有一些打击更令人痛苦地敲击着人的心……。一个人做了他能做的一切，加紧地，热心地，诚实地工作着……。可是，正直的人们却厌恶地避开他；听到他的名字，正直的人们就愤怒得满脸通红。

“你躲开！滚出去吧！”正直的年轻人的声音对他喝道。“无

① 据《屠格涅夫文集》编者注释，屠格涅夫写这篇散文诗，大概跟他的最后一部长篇小说《处女地》在当时受到民主派青年很尖锐的批评有关。

② 这句话引自俄国伟大的诗人普希金《致诗人》（1830 年）一诗，原文是：“你得听蠢人的评判和众人冷淡的笑声。可是，你得始终忧郁，镇静和坚定。”

论你，无论你的作品，我们都不需要；你在亵渎着我们住的地方——你不了解，也不理解我们……。你是我们的敌人！”

那么，这个人该怎么办呢？继续写作吧，不必企图去替自己辩护——甚至也不要去等待更公正的评价。

很久以前，农人们曾咒骂过一个给他们带来了马铃薯——面包的代替品，穷人每天的食物——的旅行者。他们从伸给他们的手里打掉了这珍贵的赠品，把它丢到了烂泥里，用脚去踩。

现在呢，他们以靠吃马铃薯为生——却连自己的恩人的姓名也不晓得了。

好吧！他的名字对他们有什么用？可是，无名的他，却把他们从饥饿中拯救了出来。

让我们努力做到：我们所带来的东西，也要像有益的食物一样。

从你所爱的人们的嘴里说出的不公平的责备，是令人伤心的……。但这也可以忍受……。

“你打我吧！但请你听取我的意见！”雅典的领袖对斯巴达人说[①]。

“你打我吧——但愿你健康和保养得很好！”我们应该这样说。

一八七八年二月

---

① 这句格言，是公元前雅典杰出的统帅和政治家忒密斯托克利在一次可能和波斯人发生海战的争论中，对斯巴达领袖欧里庇得斯说的。当时，尽管遭到欧里庇得斯的激烈反对，忒密斯托克利的见解还是获得了胜利，而且在公元前 480 年萨拉密斯岛的海战中，指挥希腊舰队大败了波斯人的舰队。

得意的人

在京城的大街上，连蹦带跳地飞跑着一个还很年轻的人。他的动作愉快，敏捷；眼睛炯炯闪光，嘴唇得意地微笑，激动的脸显得快乐而泛着红光……他整个人——都表露出得意和兴高采烈的神情。

他发生了什么事？他得到了一笔遗产吗？给他升了官吗？他是在赶去和情人约会吗？或者，他只是很好地吃过了早餐，使他的整个肢体都兴奋起来，感到健康，感到吃饱了的力量？噢，波兰国王斯坦尼斯拉夫[①]，莫不是你那漂亮的八角形十字勋章，挂到了他的脖子上？

都不是。他是捏造了一个谣言去诋毁一个熟人，他费尽心思地散布它，正好从另一个熟人的嘴里，听到了这个谣言——连他自己也以为它是真的了。

哦，在这个时刻，这可爱的、大有希望的年青人，却表现得多么心满意足，甚至表现得多么善良啊！

一八七八年二月

① 奥古斯特·斯坦尼斯拉夫（1732–1798年），1765至1795年的波兰国王。

处世法则[①]

“如果您想很好地得罪、甚至中伤对手，”一个狡猾的老家伙对我说，“那么，您就把您觉得自己有的那些缺点或者恶劣品德，都用来指责他吧。请您表现得极为气愤……请您指责去吧！

“第一——这将促使旁人以为，您是没有这些恶劣品德的。

“第二——您的气愤甚至也可能是真诚的……。您可以利用自己良心上的责备。

“比如，您是个变节者——您就指责对手，说他毫无信仰！

“比如，您本人实质上就是奴才，——您就含着责备的意思对他说，他才是奴才……他是文明的奴才，欧洲的奴才，社会主义的奴才[②]！”

---

① 这篇散文诗的写作日期引起怀疑。俄国资产阶级自由派政论家、《欧罗巴通报》主编米·马·斯塔休列维奇（1826–1911年），大概根据屠格涅夫寄给他的手稿（这份手稿没有保存下来），把它发表在《欧罗巴通报》上时标明的日期是“1878年2月”。然而，在巴黎收藏的散文诗手稿中，却清楚地注明是“1882年10月”。这是屠格涅夫寄给斯塔休列维奇以代替曾答应给的《致我们的民粹主义者们》的一篇散文诗。

② 长期实行皇权专制统治的沙皇俄国，把资产阶级的文明、进步的欧洲视同洪水猛兽那样可怕的坏东西，在这里，这句话含有反其意嘲讽的意思。当然，作者在此处所指的内涵要广泛、深刻得多！

“甚至还可以说：没有奴性的奴才！”我说。

“也可以这么说，”狡猾的人接着说道。

一八七八年二月

世界的末日

（梦）

我好像觉得，我是在俄罗斯某地的偏僻地方，在一座简单的农村的屋子里。

房间大而矮，有三扇窗户；墙壁抹过白色的油漆；没有家具。屋前，是一片光秃的平原；它渐渐向下倾斜，伸展到远方。灰色的、单调的天空，像一顶大帐幕，罩在平原上。

我不是单独一个人；约莫十个人和我同在一个房间里。全是普通人，穿着朴素；他们来来回回走着，默默地，好像悄悄地走着。他们互相回避——然而，又不断交换着惊慌的目光。

任何一个人都不知道，他为什么会落到这个屋里来，和他在一起的又是些什么人？大家的脸上，都表现出不安和沮丧的神色……。大家轮流走近窗前，留神地向四面张望着，好像在等待着外面不知什么事情发生。

随后，他们又开始来来回回地踱着步。我们当中，有个不大的小孩在转来转去；他偶尔用尖细、单调的声音哭诉说："爸爸，我害怕！"这尖叫声使我心里难过——而且我也开始害怕起来……害怕什么呢？我自己也不知道。只是我感觉到：一个很大、很大的灾难正在到来，正在迫近。

但小孩突然又尖叫起来。哎呀，从这里逃出去就好啦！多么闷人！多么难受！多么沉重啊！……可是，逃出去是不可能的。

这天空——确实像白色的殓衣。而且，没有风……难道空气也死去了吗?

突然，小孩跳着跑近窗前，以同样悲哀的声音喊道：

“你们看呀！看呀！地塌下去啦！”

“怎么？塌下去啦！”的确：原先屋前是一片平原，但现在，屋却座落在骇人的山巅上了！天垂落下了，落到下边去了，而屋脚下，耸立着一座几乎垂直的，好像是被掘开了的，黑色的峭壁。

我们都聚集到窗前……。我们害怕得心都快停止跳动了。

“你看它……你看它！”我身旁一个人低声道。

就在沿着远远的整个大地的边缘，有什么东西在移动，某些不大的、圆乎乎的凸起来的东西开始在一起一伏地浮动着。

“这是大海！”在同一刹那，我们全都这样想道。“它马上就会把我们全都淹没……。不过，它怎么能够涨起来，往上涌？涌上这个峭壁呢？”

然而，它在涨着，愈涨愈庞大……。这已经不是在远处奔腾的一些个别凸起来的浪头了……。一片接连不断的、极可怕的波涛，席卷着天陲的整个周围。

它飞涨着，向我们飞涨而来！——它乘着寒冷的旋风在疾驰着，漆黑一片地翻腾着。四周围，一切都在颤抖起来——而在那儿，在这个飞涨着的庞然大物中，有的是破裂声，轰鸣声，成千上万的喉音发出的铁一般的呼号声……

啊！这是怎样的咆哮声和号啕声啊！这是大地由于恐惧而哀

号起来……

大地的末日到啦！一切都完啦！

小孩又一次尖叫起来……。我想抓住一位同伴，可是，我们全都被墨黑、冰冷、怒吼着的浪涛压倒了，淹死了，埋葬了，冲走了！

黑暗……永远的黑暗！

我几乎喘不过气来，醒来了。

一八七八年三月

玛　莎

许多年以前，我住在彼得堡时，每次雇街头马车，我总要和马车夫聊聊天。

我特别喜欢和夜间的马车夫谈话，他们都是近郊的贫苦的农人，赶着上过赭色油漆的小雪橇和羸弱的瘦马，来到京城，希望挣些糊口的费用，和凑些钱还地主们的代役租。

那一天，我就雇了一个这样的马车夫……他是个二十岁光景的小伙子，身材高大，体格匀称，仪表堂堂；他有一对蓝色的眼睛，红润的面颊；他那一直戴到眼眉边的带补丁的帽子下边，露出卷成一个个小圈圈的淡黄色头发。而且，他那魁伟的肩膀怎么能穿得上这么一件褴褛的厚呢上衣！

然而，马车夫那漂亮的、没有胡须的脸上，露出悲伤和郁闷的神情。

我和他攀谈起来。从他的话语里，也听得出他的悲伤。

“怎么啦，兄弟？”我问他，“你为什么不愉快？难道有什么不幸吗？”

小伙子没有马上回答我。

“是的，老爷，是的，”他终于说道。“再没有什么比这更不幸的了。我死了妻子。”

“你爱她……爱自己的妻子吗？”

小伙子没有回过头来看我；他只是低下头。

“我爱她，老爷。已经过去七个多月了……但我还不能忘掉。我心里难过……真是啊！她为什么竟会死去呢？她年轻！健壮！仅仅一天功夫，她就给霍乱病夺走了。”

“她待你好吗？”

“唉，老爷！”贫苦的农人沉重地叹了口气。“我和她在一块儿生活得多么和睦啊！她死时我不在家。所以，我突然在这儿听到这个消息时，人们已经把她埋掉了，——我立刻赶回村里去，赶回家里去。等到我回来，已经是半夜啦。我跨进自己的小木屋，站在屋子中间，就这样小小声地说：‘玛莎！玛莎呀！’只有蟋蟀的吱吱叫。我不觉哭起来，坐在小木屋的地板上——还用手掌拍了一下地板！我说：‘你这贪得无厌的东西！……你吞噬了她……也把我吞噬掉吧！唉，玛莎！’”

“玛莎！”他突然压低嗓子又叫了一声。他没有放松手里的缰绳，用手套揩了揩眼泪，又把它退出来，丢到一边，耸了耸肩膀——就再也没有说一句话了。

我跳下雪橇时，多给了他剩下的十五戈比。他深深地向我鞠了一躬，双手抓着帽子，——随后踏着街上空荡荡的雪地，在一月严寒的灰白色的雾里，小步慢慢地挣扎着走去。

一八七八年四月

小　丑[1]

世间曾有一个小丑。

他长时间都过着很快乐的生活；但渐渐地有些流言传到了他的耳朵里，说他到处被公认为是个极其愚蠢的、非常鄙俗的家伙。

小丑窘住了，开始忧郁地想：怎样才能制止那些讨厌的流言呢？

一个突然的想法，终于使他愚蠢的脑袋瓜开了窍……。于是，他，一点也不拖延，把他的想法付诸实行。

他在街上碰见了一个熟人——接着，那熟人夸奖起一位著名的色彩画家……

“得了吧！”小丑提高声音说道。“这位色彩画家早已经不行啦……。您还不知道这个吗？我真没想到您会这样……。您是个落后的人啦。”

熟人感到吃惊，并立刻同意了小丑的说法。

“今天我读完了一本多么好的书啊！”另一个熟人告诉他说。

“得了吧！”小丑提高声音说道。“您怎么不害羞？这本书一

① “小丑”一词，也可译为“混账”。

点意思也没有；大家老早就已经不看这本书了。您还不知道这个？您是个落后的人啦。”

于是，这个熟人也感到吃惊——也同意了小丑的说法。

“我的朋友某君真是个非常好的人啊！”第三个熟人告诉小丑说。“他真正是个高尚的人！”

“得了吧！”小丑提高声音说道。“某君明明是个下流东西！他抢夺过所有亲戚的东西。谁还不知道这个呢？您是个落后的人啦！”

第三个熟人同样感到吃惊，也同意了小丑的说法，并且不再同那个朋友来往。总之，人们在小丑面前无论赞扬谁和赞扬什么，他都一个劲儿地驳斥。

只是有时候，他还以责备的口气补充说道：

“您至今还相信权威吗？”

“好一个坏心肠的人！一个好毒辣的家伙！”他的熟人们开始谈论起小丑了。“不过，他的脑袋瓜多么不简单！”

“他的舌头也不简单！”另一些人又补充道。“哦，他简直是个天才！”

末了，一家报纸的出版人①，请小丑到他那儿去主持一个评

---

① 在手稿中，“一家报纸的出版人”这几个词，原为：“一家常见的杂志的发行人”。为了使读者在此处看不出对某种人的暗示，屠格涅夫在校对时修改了这一句。关于这一点，他于1882年10月14日给斯塔休列维奇的信中写道：“我现在把修改过的《小丑》寄回给您。这样更好得多——况且，我并没有任何个人的暗示……。为了证明我没有作暗示，而是开门见山地说话，我现在在下一页纸上附上一篇散文诗——当然，不供发表——而是为了让您一笑……。”这篇散文诗，后来由俄罗斯著名艺术家弗·瓦·斯塔索夫（1824-1906年）发表在《北方通报》杂志1888年第十期。它的全文如下：

跟谁争论？

“你跟一个比你更聪明的人争论吧：他将争赢你……。可是，从你自己的失败中，你

论专栏。

于是，小丑开始批判一切事和一切人，一点也没有改变自己的手法和自己趾高气扬的神态。

现在，他——一个曾经大喊大叫反对过权威的人——自己也成了一个权威了，而年轻人正在崇拜他，而且害怕他。

他们，可怜的年轻人，该怎么办呢？虽然一般地说，不应该崇拜……可是，在这儿，你试试不再去崇拜吧——你就将掉到落后的人们中去！

在胆小的人们中间，小丑们是能很好地生活的。

一八七八年四月

却能够得到于自己有益的东西。”

“你跟一个智力相等的人争论吧：谁也取胜不了——你至少可以感受到论争的快乐。”

“你跟一个智力低下的人争论；你不想争赢——可是，你可能对他大有好处。”

“你甚至去跟一个蠢人争论吧！无论名声，无论益处，你都得不到……。可是，有时候为什么不开开心呢！”

“只是你可不要跟弗拉基米尔·斯塔索夫争论！”

一八七八年六月

然而，在这篇新作中，同时代的人们还是可以看到屠格涅夫对经常攻击他的俄罗斯诗人、《新时代》的主编维·布列宁（1841–1926 年）的批评的暗示。

东方的传说

在巴格达[①]谁不知道宇宙的太阳神，伟大的伽法尔[②]呢？

许多年以前，伽法尔还是个青年的时候，有一天他在巴格达郊外散步。

突然，一阵嘶哑的叫喊声传到他的耳边：有人在绝望地呼救。

伽法尔在自己的同龄人中间，以明理和擅于深思熟虑而与众不同；但是，他内心富有同情心——而且，他信赖自己的力量。

他朝叫声的方向跑去，于是他看见一个年老体衰的老人，被两个强盗挤得紧贴着城墙，他们正在向他行劫。

伽法尔拔出自己的马刀，向两个恶人扑去：他杀死了一个，把另一个赶跑了。

得救的老人伏倒在自己的解救者的脚跟前，吻了吻他的衣服的边缘，感叹说：

“勇敢的年轻人，你的豪侠行为不能没有奖赏。从外表看——我是个极瘦弱的乞丐，但这只是外表而已。我不是个普通人。明

① 巴格达，古代回教国王哈里发王朝的首都，今为伊拉克首都。

② 伽法尔，回教徒信奉的太阳神，据说能普照宇宙。

天清早，请你到大市场来吧；我将在喷水池边等你——你就会证实我说的话是真实的。”

伽法尔想：“从外表看，这人确实像个乞丐；不过，什么样的事情都可能有。为什么不去试一试呢？”于是，他回答道：

“好，我的老大爷；我会去。”

老人看了他一眼，便离去了。

第二天早晨，天刚刚亮，伽法尔到市场去了。老人已经在等着他，胳膊肘支在喷水池的大理石墩上。

他默默地拉起伽法尔的手，把他领到一个四面围着高墙的，不大的花园里。

在这个花园正中，在葱绿的小草地上，长着一棵样子奇特的树。

它像柏树；不过，它的叶子却是天蓝色。

往上弯的细枝条上，挂着三个果实——三个苹果：一个中等大，椭园形，奶白色；另一个，大而圆，鲜红色；第三个，较小，有皱纹，略带黄色。

虽然没有风，整棵树却在微微地发出喧哗声。它发出宛如玻璃器皿碰击时那样尖细、凄宛的声音；好像它感觉得到伽法尔的光临。

“年轻人！”老人说道。“你可以在这三个果子中摘下任何一个，不过你要知道：你摘下白的吃了——你将比所有的人都更聪明；你摘下红的吃了——你将像犹太人洛希尔[①]那样富有；你摘下黄的吃了——你得到的将是年老的女人们的欢心。你打定主意吧！……请不要拖延。一个钟头以后，果子都将枯掉，连树本身

① 麦耶·洛希尔（1743-1812年），银行家，曾在德国美因河畔法兰克福城开设过一个兑换所，后来发展成为一个拥有很多分支银行的财政寡头家族。

也将沉没到寂寞无声的地层深处去！”

伽法尔低下头——他在沉思。

“这该怎么办呢？”他小声说道，好像在跟自己商量。“要是变得太聪明了——大概就会不想活了；要是变得比所有的人都富有——大家都会妒忌你；我最好还是摘下第三个——起皱纹的苹果来吃吧！”

他于是这样做了；而老人则张开没牙的嘴大笑说：

“啊，最英明的年轻人！你选择了最好的一个啊！白苹果对你有什么用呢？你其实比所罗门①还聪明。你也不需要红苹果……没有它你也会很有钱。况且，任何人都不会妒忌你的财富。”

“请告诉我，老人家，”伽法尔精神振奋地说道，“受人敬爱的、我们的上天庇佑的哈里发②的母亲，住在哪儿呢？”

老人深深地鞠了一躬——接着，给青年人指示了路。

在巴格达，谁不知道宇宙的太阳神，伟大的、著名的伽法尔呢？

一八七八年四月

① 所罗门，约公元前960－前935年以色列和犹太联合王国的皇帝。传说他是个极聪明的人，写了许多圣经文学作品。

② 哈里发，回教国王穆罕默德继承者的称号。

两首四行诗

很久以前，有一个城市，那里的居民酷爱诗歌爱到这样的地步，如果一连几个星期都没有出现新的、优秀的诗歌作品，——他们便会认为这样的诗作的歉收，是社会的灾难。

那时，他们都穿上自己最破烂的衣裳，把灰撒到头上——接着，他们一群群聚集在广场上，流着眼泪，痛苦地抱怨缪斯[①]抛弃了他们。

在一个这样的倒霉的日子里，青年诗人尤尼，出现在挤满了悲伤的人群的广场上。

他以急促的脚步，爬到特地建起来的高台上——接着，他打手势表示，他要发表一首诗。

护从们立即挥动起权标[②]。

“静一静！注意！”他们声音洪亮地喊道——于是，人群安静了下来，等候着。

“朋友们！伙伴们！”尤尼以响亮的，但并不十分坚定的声

① 缪斯，也可译为诗神。在希腊神话中，缪斯是管文艺美术科学的九个女神的通称。

② 类似元帅杖一类的棒，上面刻有象征权力的标志，用于指挥。

音，开始朗诵道：

朋友们！伙伴们！诗歌爱好者们！
一切的和谐与美的事物的崇拜者们！
不要让一瞬间的阴郁和悲伤困扰你们！
所希望的时刻将临……光明终将驱散黑暗！

尤尼沉默下来……但是回答他的，却是从广场各个角落响起的喧哗声，唿哨声，哈哈大笑声。

所有朝他望着的人，都愤怒得满脸通红；所有的眼睛，都闪射出激忿的目光；所有的手都举了起来，捏着拳头在威吓着！

“你想以什么玩意儿来一鸣惊人！”气愤的声音在吼叫。“让无能的蹩脚诗人从高台上滚开！叫蠢才滚蛋！给胡闹的小丑扔烂苹果、臭鸡蛋！拿石头来！把石头拿来！”

尤尼从高台上栽了个跟斗滚下来……可是，他还没有来得及跑回自己家里，他耳边就传来了轰动的兴高采烈的掌声，赞扬的呼声和叫喊声。

尤尼莫名其妙，不过，他尽可能不被人发觉（因为激怒已经发狂的野兽[①]是危险的）——他回到广场上。

可他看到了什么呢？

他的对手、年轻的诗人尤利，高高地站在人群之上，在人们的肩膀之上，手执着扁平的金色盾牌，披着紫红色的厚呢斗篷，飘动着的鬈发上戴着月桂花环……。周围的众人在号叫着：

“光荣啊！光荣！光荣啊，不朽的尤利！在我们悲伤的时候，

① 这里的“野兽”是一个贬词，暗指愤怒的人群。

在我们极大痛苦的时刻，他安慰了我们！他献给我们的诗比蜜还甜，比铙钹还铿锵，比玫瑰花还芬芳，比蔚蓝色的天空还明净！把他抬起来庆祝吧，让一阵阵神香的薄烟，萦绕在他充满灵感的头脑周围吧；让棕榈树枝有节奏地摆动起来，凉快凉快他的前额吧；让阿拉伯没药[1]制成的所有香料，都十二分慷慨地撒到他的脚边吧！光荣啊！”

尤尼走到一个唱着赞歌的人眼前。

“哦，我的同胞，请告诉我吧！尤利以什么样的诗，使得你们感到了幸福？唉，他朗诵这些诗的时候，我恰巧不在广场！如果你都记得这些诗，请你费神把它们重念一遍吧！”

“这样的诗，怎么会记不住呢？”被问的人热心地回答。“你把我当成什么人啦？请听着吧，然后，请你欢呼，也和我们一起欢呼吧！

“‘诗歌爱好者们！’被人们崇拜的尤利这样开头……

> 诗歌爱好者们！伙伴们！朋友们！
> 一切的和谐、铿锵和温柔的事物的崇拜者们！
> 不要让一瞬间沉重的悲伤困扰你们！
> 所希望的时刻将临——白昼终将驱走黑夜！”

“怎么样？”

“得了吧！”尤尼大声喊起来，“这是我的诗呀！当我朗读这些诗的时候，尤利大概就在人群里。他于是听到了，把它们复述

---

① 没药，是热带植物没药树上的树脂，味芳香，可以用来作药材，古代的阿拉伯人也拿来作宗教仪式用的香料。

了一遍，只作了一点点修改。当然，他改的并不见得更好，只是改动了几个用词。”

“啊哈！现在我可认得你啦……你是尤尼，”被他问到的公民皱了皱眉头，反驳说。“你是个心怀嫉妒的家伙，或者是个蠢才！……你只要想一想，不走运的人！尤利说得多么崇高：‘白天终将驱走黑夜！……’可是你呢，说的不知是什么废话：‘光明终将驱散黑暗’？！什么样的光明？驱散的又是什么样的黑暗？！”

“难道这意思还不是一样……”尤尼刚开始说……。

“你要是再啰唆一句，”公民打断他的话，“我就要大声喊人来啦……他们可要把你揍个粉身碎骨！”

尤尼明智地不再吭声，但听着他和公民谈话的一位白发老人，走到这位不幸的诗人跟前，把一只手搭在他的肩膀上，低声说道：

“尤尼！你说的是自己的诗，但说得不是时候；而那一位，说的虽然不是自己的诗，可说得逢时。因而，他说对了，而给你剩下的，只是你自己良心上的安慰。”

可是，正当良心（它虽然千方百计……老实说，仍无济于事）在安慰受到排挤的尤尼的时候，远处，在雷鸣般的掌声和欢呼声中，在万能的太阳照耀着的金色光尘里，披着的紫红色斗蓬熠熠闪光，戴着的桂冠闪现在像波浪般起伏的、很多香火的烟雾的气流里，尤利像回到王国的国王那样，带着庄严的慢条斯理的神态，从容不迫地移动着高傲地挺立着的身躯……长长的棕榈树枝，轮番地垂落在他的前边，轻轻地往上扬起，又恭顺地向下摆动，好像以此表示那被他迷住了的同胞们心里不断兴起的崇拜热情！

一八七八年四月

麻　雀

我打猎归来，沿着花园的林荫路走着。狗跑在我前边。

突然，狗放慢脚步，蹑足潜行，好像嗅到了前边有什么野物。

我顺着林荫路望去，看见了一只嘴边还带黄色、头上生着柔毛的小麻雀。它从巢里跌落下来（风猛烈地吹动着林荫路上的白桦树），呆呆地伏在地上，孤苦无援地张开两只刚刚长出羽毛的小翅膀。

我的狗慢慢地逼近它。忽然，从附近一棵树上扑下一只黑胸脯的老麻雀，像一颗石子似的落在狗的嘴脸跟前——它全身倒竖着羽毛，惊惶万状，发出绝望、凄惨的吱吱喳喳叫声，两次向露出牙齿、大张着的狗嘴边跳扑前去。

它是猛扑下来救护的，它以自己的躯体掩护着自己的幼儿……可是，由于恐怖，它整个小小的躯体都在颤抖，它那小小的叫声变得粗暴嘶哑了，它吓呆了，它在牺牲自己了！

在它看来，狗该是个多么庞大的怪物啊！然而，它还是不愿站定在自己高高的、安全的树枝上……。一种比它的意志更强大的力量，使它从那儿扑下身来。

我的特列左尔[1]站住了，向后退下来……。看来，它也承认了这种力量。

我赶紧叫开受窘的狗——于是，我怀着极恭敬的心情，走开了。

是啊，请不要见笑。我崇敬那只小小的、英勇的鸟儿，我崇敬它那爱的冲动。

爱，我想，比死和死的恐惧更加强大。只有依靠它，依靠这种爱，生命才能维持下去，发展下去。

一八七八年四月

① 特列左尔，狗名。

颅骨们[①]

一间非常豪华的、被灯火照耀得富丽堂皇的客厅里，有许多男伴[②]和女士。

所有的人都很兴奋，交谈得很热闹……。正在绘声绘色地谈论着一个著名的歌女。他们都在称赞她是个非凡的、不朽的女歌手……。噢，昨天她唱出的最后的颤音，真是多么美妙啊！

可是，突然间，——好像挥动了一下魔棒那样，——所有人的头上，所有人的脸上，都掉下了一层薄薄的皮——于是，刹那间都露出了死人般的白色的颅骨，牙床和颧骨裸露，发出铅灰色的熠熠闪动的微光。

我非常害怕地看着，这些牙床和颧骨怎样在移动和颤动——这些有点像疙瘩似的骨球怎样在转动，怎样在灯火和烛光中发着亮光——而且，在它们中间，另一些比较小的球体——已经失去意义的眼球也在旋转着。

---

① 据《屠格涅夫文集》编者注释，这篇作品的手稿和最初在杂志上发表时，用的标题《颅骨们》这个词，不是规范化的俄语，而是屠格涅夫的故乡所在地奥勒尔省的地方语言。

② 此处的“男伴”这个词，是指社交场中陪伴女人的男伴，也可译为“男舞伴”。

我不敢触摸一下自己的脸，不敢在镜子里瞧一瞧自己的面容。

可是，颅骨们依然像先前那样在转动着……。并且，那些从龇着的牙齿中间露出来的灵巧的舌头，像一小块一小块红色布片那样闪现着，依然在那样啧啧喳喳地，嘟嘟囔囔谈论着那个不朽的……是啊！是在谈论着那个不朽的歌女唱出的最后的颤音多么妙不可言，多么无与伦比！

一八七八年四月

做粗活的人和不做粗活的人[①]

对　话

做粗活的人：你干吗钻到我们这儿来？你要干什么？你不是我们的人……滚开吧！

不做粗活的人：我是你们的人，弟兄们！

做粗活的人：绝不是！我们的人！亏你想得出来！你哪怕瞧瞧我这双手吧。你看，两只手很脏吧？它们带有粪肥和柏油的气味，——而你那双手倒是白白净净的。它们还散发出一股什么气味？

不做粗活的人（伸出自己一双手）：请闻一闻吧。

做粗活的人（闻过了那双手）：多么怪的事啊？它们好像有铁的气味。

不做粗活的人：是铁的气味。整整六年我一双手都戴着镣铐。

做粗活的人：那为什么会如此呢？

---

① “不作粗活的人”一词，原意是带有藐视意味的口语：“不爱作粗活的人”。

这篇散文诗，屠格涅夫是在沙皇政府于 1877 年审判所谓“五十人案”和“一百九十三人案”，对大批民粹派革命家判处流放服苦役和重刑之后写下的。

不做粗活的人：那是因为我关心你们的福利，想要解放你们这些愚昧、落后的人们，我起来反对压迫你们的人，起来造反……。喏，于是他们让我坐了牢。

做粗活的人：坐了牢？你何苦要造反呢！

两年以后

同样一个做粗活的人（问另一个）：你听见没有，彼得拉！……你还记得前年夏天，那一位不爱做粗活的人跟你的谈话吗？

另一位做粗活的人：记得……怎么啦？

第一个做粗活的人：你听见没有，今天要绞死他；已经发出了这样的命令。

第二个做粗活的人：他还在造反吗？

第一个做粗活的人：还在造反。

第二个做粗活的人：噢……米特里亚伊兄弟，原来这样；我们可不可以将那条绞死他的绳子弄到手呢？据说，这会给家里带来很大的幸福哩。

第一个做粗活的人：这你说得对。应该试一试，彼得拉兄弟。

一八七八年四月

蔷　薇

八月的最后几天……。秋天已经临近。

太阳正在往下沉。一阵突然而来的暴雨，没有雷声，也没有闪电，刚刚从我们辽阔的平原上掠过。

屋前的花园，经过暴雨的泼洗，染满了晚霞火红的霞光，弥漫着一片轻烟。

她坐在客厅里的一张桌边，透过半开的门，倔强地沉思着，望着花园。

我知道，这时候她心里在想着什么；我知道，经过短时间的，虽然是痛苦的斗争以后，她在这个时刻已经屈服于那种再也无法抑制的感情了。

突然她站起来，急急忙忙地走进花园，消失不见了。

一小时过去了……又过了一小时，她还没有回来。

于是我站起身，走出屋外，沿着那条我确信她走过的林荫道走去。

周围的一切开始黑下来；夜幕已经在降临。但在小路潮湿的沙土上，透过四处弥漫的昏暗，看得见一个圆圆的东西，在清晰地显出鲜红色。

我俯下身去……。那是一朵刚刚开放的鲜艳的蔷薇。两个小时以前，我还看见这朵蔷薇缀在她的胸前。

我小心地拾起这朵落在泥土上的花，回到客厅，把它放在她的沙发椅前边的桌子上。

你看，她终于回来了，——迈着轻轻的脚步，穿过整个房间，在桌边坐下来。

她的脸色发白，而且显得激动起来；一对垂下的、好像变小了的眼睛，带着愉快的、不好意思的神情，在急遽地向四面望着。

她看见了蔷薇，拿到手里，看了看它有皱痕的带泥的花瓣，又看了看我——于是，她的眼睛忽然呆住了，闪出泪光。

“您哭什么呢？”我问。

“我就是哭这朵蔷薇。您看，它成了什么样子了。”

这当儿，我才想起说句情意深长的话。

“您的泪水将洗去这些污泥，”我饱含深意地说。

“眼泪不会洗刷，眼泪只会燃烧呢，”她回答说，接着转身向着壁炉，把花儿投到那即将熄灭的火焰上。

“火焰比眼泪会燃烧得更好，”她不无勇气地感叹道，——她那对还在闪烁着泪光的美丽的眼睛，勇敢地、幸福地笑了。

我明白，她也被燃烧起来了。

一八七八年四月

最后的会晤[①]

我们有过一个时候曾经是亲密的，很接近的朋友……可是，一个不幸的时刻降临——于是我们像敌人一样分手了。

许多年过去了……。一次，我顺路来到他住的城市，得知他病得很厉害，想和我见见面。

我到他那儿去，走进他的房间……。我们的目光相遇了。

我几乎认不出他了。天呀！疾病把他弄成什么样子了啊！

他脸色蜡黄，面容憔悴，头顶全秃了，留着一撮细长斑白的胡须，穿着一件特意剪开来穿的衬衫……。他连一套最单薄衣服的压力也承受不住了。他痉挛地向我伸出一只瘦得可怕的、好像肉给啃光了的手，吃力地吐出几句听不清的话——究竟是欢迎呢，还是责备，——谁知道呢？他消瘦不堪的胸膛轻轻起伏着——于是，在他感情激动的眼睛里，缩小了的瞳孔上滚下两滴吝啬、痛

① 这篇作品是屠格涅夫描写他自己于 1877 年 5 月 25 日，跟俄国大诗人涅克拉索夫（1821−1878 年）的会见的。当时，屠格涅夫从巴黎回到了彼得堡。涅克拉索夫的妻子季娜伊达·尼古拉叶夫娜·涅克拉索娃于 1915 年写的回忆录《为大家而生活》里，曾提到这次会见。

苦的泪珠。

我心情沉重……。我坐在他身旁的椅子上——于是，面对着那可怕的、极难看的样子，我也不由自主地垂下了眼帘，伸出了手。

可是，我好像觉得，握着我的并不是他的手。

我仿佛觉得，在我们中间还坐着一个高大、娴静、洁白的女人。她从头到脚裹着一件长长的罩衣……。她那深邃、苍白的眼睛哪里也不看；她那苍白、严肃的嘴唇什么也不说……。

这个女人把我们的手连接在一起……。她使我们永远和解了。

是啊……死神使我们和解了……。

一八七八年四月

门　槛[①]

（梦）

我看见一座很大的建筑物。

正墙一道狭窄的门敞开着；门里边——一片阴森森的黑暗。在高高的门槛前，站着一个姑娘……一个俄罗斯姑娘。

那咫尺莫辨的黑暗里，散发出阵阵寒气；同时，随着冰冷的气流，从建筑物深处传出一个缓慢、喑哑的声音。

“啊，你呀，想跨进这道门槛，你可知道等待着你的是什么吗？”

“我知道，”姑娘回答说。

---

① 据《屠格涅夫文集》编者注释，1878 年 1 月 24 日，女革命家薇拉·扎苏里奇刺杀彼得堡总督特烈波夫的事件（1878 年 3 月 31 日，在担任法庭庭长的俄国作家阿·费·科尼的参与下，薇拉·扎苏里奇被宣告无罪），是作家写这篇散文诗的直接起因。实际上，《门槛》塑造的形象具有概括的典型意义，它还反映了发生在 1877 年的俄国重大政治事件（“五十人案”和“一百九十三人案”）的影响，表现了俄罗斯妇女投身于革命运动的大无畏精神。

为了免受沙皇政府的迫害，屠格涅夫生前没有同意发表《门槛》。1883 年 9 月 25 日，《门槛》和民意党人追悼屠格涅夫的传单一起，第一次公开发表。由于省略了写作日期，使一些人以为，好像屠格涅夫为了纪念女革命家索菲娅·佩罗夫斯卡娅（她于 1881 年 3 月 1 日刺杀沙皇亚历山大二世，于同年 4 月 3 日被判处死刑），才写出这篇作品的。但《门槛》手稿上的写作日期，纠正了这个误解。

“知道寒冷、饥饿、憎恨、嘲笑、蔑视、侮辱、监狱、疾病，甚至死亡吗？”

“我知道。”

“知道你会跟人世隔绝，完全孤零零一个吗？”

“我知道……我准备好了。我愿意经受一切苦难，一切打击。”

“知道这些打击不仅来自敌人——而且也来自亲人，来自朋友吗？”

“是的，……即使来自他们。”

“好吧。你情愿去牺牲吗？”

“是的。”

“去作无名的牺牲吗？你将会死去，而且任何人……任何人也都不会知道，要悼念的是什么人！……”

“我既不需要任何感激，也不需要任何怜悯。我不需要名声。”

“你情愿去犯罪吗？”

姑娘低下了头……

“我也情愿去犯罪。”

那声音没有马上再发出自己的提问。

“你知道吗，”那声音终于说道，“你可能不再相信你现在正在信仰的东西，你可能会领悟到你是受了骗，白白地毁灭了自己年轻的生命？”

“这我都知道。可是，我仍要进去。”

“进来吧！”

姑娘跨过了门槛——随后，在她后边落下了沉重的门帘。

“一个傻瓜！”有人在后边咬牙切齿地骂了一句。

“一个圣女！”从某处却传来一声回答。

一八七八年五月

探　访

清晨，五月一日的清晨……我坐在敞开的窗前。

天还没有露出曙色；可是，漆黑的、温暖的夜已经在泛白，已经变得冰冷了。

雾没有升起，微风不曾吹动，一切都显得单调、寂静……但是感觉得到，万物苏醒的时刻临近了——已经变得稀薄的空气里，朝露散发着清凉、润湿的气味。

突然，一只好大的鸟儿带着轻轻的阵阵响声和沙沙声，穿过敞开的窗户，飞进了我的房间。

我震颤了一下，仔细看去……那不是一只鸟，而是一个长着翅膀的细小的女人，穿着窄小的，长长的，下摆有波纹的连衣裙。

她全身呈灰色，像珍珠贝母壳那样的颜色；只有她的两只翅膀的内侧，闪烁着像蔷薇花盛开时那样的嫩红色；她圆圆的小头上，用铃兰编成的花环罩着散开的鬈发，并且有两根类似蝴蝶触须那样的孔雀翎毛，在她美丽、突出的前额上，有趣地摆动着。

她在天花板下飞了两遍；她那小小的脸蛋笑着，一对乌黑、明亮的大眼睛也在笑着。

奇妙的飞翔的轻松和愉快，使她的眼睛像钻石般那样闪着光辉。

她手里拿着一根草原之花的长茎：俄罗斯人把它叫作“沙皇的权杖”，——它的确也像一条帝王权杖。

她神速地从我头上飞过去，用她那支花触了触我的头。

我向她冲前去，……。可是，她已经轻轻地飞出了窗口——随后迅速飞走了。

在花园里，在紫丁香花丛深处，一只斑鸠唱着第一支晨曲欢迎她——而在那儿，在她消失的地方，乳白色的天空缓缓地露出了红色的曙光。

我认出了你，幻想的女神！你偶然来探访我——你是飞往年轻的诗人们那儿去了。

啊，诗意！青春！女性的，纯洁的美啊！你们只在我的面前放射出片刻的光辉——在一个早春的清晨！

一八七八年五月

命运，力量，自由[1]

（一个浅浮雕）

一个身材修长、瘦骨棱棱的老妇人，摆出冷酷的面孔，带着迟钝、呆滞的眼神，大步走着。同时，用她那只像手杖一样干瘪的手，推着在她前边的另一个女人。

这个女人高大，强壮，肥胖，肌肉发达得像黑尔库力士[2]，小小的头长在牛颈一般粗的脖子上——眼睛却瞎了——她照样地也推着一个瘦弱的小姑娘。

只有这个小姑娘的眼睛看得见；她顶着，向后转过身来，举起两只纤细、美丽的手臂；她充满活力的脸庞表现出不耐烦和勇敢的神气……。她不想听从，不想走向她们推着她去的地方……可是，她仍然要听从和走着。

Necessitas，Vis，Libertas.[3]

谁愿意翻译——就让他翻译出来吧。

一八七八年五月

① 原标题为拉丁文：Necessitas，Vis，Libertas。

② 黑尔库力士，希腊神话中赫拉克尔的名字。转意可译为：大力士。

③ 拉丁文：命运，力量，自由。

施　舍

一个大城市附近，沿着一条宽阔的马路，走着一个有病的老年人。

他蹒跚地走着。他两条消瘦的腿信步走着的时候，好像别人的腿似的，踉踉跄跄，摇摇晃晃，沉重无力地移着脚步。他穿的衣服褴褛不堪；没有戴帽子的头向胸前低着……。他疲惫极了。

他在路旁一块石头上坐下来，向前弯着身子，两肘支在膝盖上，两只手蒙着脸——通过弯曲的手指缝，泪水滴落到干燥、灰色的尘土上。

他回想起往事……

他回想起，他很久以前曾经怎样健壮和富有，以及他怎样把身体完全弄坏了，怎样把财富分给了别人，分给了朋友和仇敌……。然而现在，他连一片面包也没有了——大家也把他抛弃了，朋友还先于敌人……。难道他要低声下气地求人施舍吗？他心里有的是痛苦和羞愧。

但眼泪依然在滴落着，滴落着，沾打着灰色的尘土。

突然他听到，有人在叫着他的名字；他抬起疲乏的头，看见自己面前站着一个陌生人。

陌生人脸孔安详而庄重，但并不严厉；眼睛没有炯炯闪光，但清澈明亮；目光锐利，但并不凶恶。

“你已经分发光了自己的所有财富，”传来平静的声音……。“可是，难道你不懊悔你过去做的善事吗？”

“我不后悔，”老人叹了口气回答，“只是现在我快要死去了。”

“要是人世间没有向你伸手的乞丐，”陌生人继续说道，“你也许就不可能在谁身上来证明自己的美德，你也许就不可能行善了吧？”

老人什么也没有回答——他在沉思默想。

“这样吧，可怜的人，你现在可不要高傲自负啦，”陌生人又说道，“你去吧，伸出你的手吧，你也应该让别的善良的人们有可能用行动来证明他们的善心。”

老人精神一振，抬起眼睛……可是，陌生人已经消失；在远处的大路上，出现了一个行人。

老人向他走去——而且，伸出了手。这个行人带着冷酷的表情掉开了脸，什么东西都没有给。

不过，他后面走来了另一个人——那人给了老人一点小施舍。

于是，老人用施舍得来的几戈比铜币，给自己买了面包——而且，他觉得乞讨来的一块面包香甜可口——他心里也不觉得羞愧了，恰恰相反：他脸上浮现出安详的愉快。

一八七八年五月

虫

我梦见，我们约莫二十个人，坐在几扇窗户敞开的一个大房间里。

我们中间有女人，小孩，老人……。我们大家都在谈论着某个非常熟悉的话题——谈得热闹而又听不明白。

突然，一只约莫两俄寸长的大虫，带着单调的嗡嗡声飞进了房间……它飞进来，盘旋了几圈，接着落到墙壁上。

它像苍蝇或者黄蜂。身体是浑浊的棕褐色，扁平、硬直的翅膀也是那样的颜色。像蜻蜓一样，它有几只叉开的毛茸茸的足，一个笨拙、粗大的头，而且这头和足都是鲜红色，仿佛跟血色一般。

这只怪虫不断地上下左右转动着头，挪动着足……随后突然离开墙壁，在房间里嗡嗡地飞舞——接着又落下来，又令人觉得可怕和厌恶地动弹着，没有从原地离开。

它引起我们大家的极端厌恶，畏惧，甚至惊恐……。我们中间谁都没有见过类似这样的东西，大家都在喊着："把这只怪物赶出去！"大家都远远地挥着手帕……因为谁都没有下决心走到跟前去……。于是，当虫又飞起来的时候，大家都不由自主地躲到一边去。

我们在座的交谈者们中只有一个还很年轻、脸色苍白的人，疑惑莫解地望着我们大家。他耸了耸肩膀，他微笑着，他完全不明白我们碰到了什么事，为什么我们这样激动？他本人没有看见什么虫——没有听到它振翅时不祥的嗡嗡声。

突然，虫好像注意了他，飞旋起来，接着落到他头上，螫了一下他眼睛上边的额角……。年轻人无力地哎哟叫了一声——就倒下去死了。

可怕的苍蝇马上飞了出去……。我们只是在这时候才领悟到，这个不速之客是什么东西。

一八七八年五月

菜　汤

一个守寡的农妇，死去了她二十岁的独子，村里一个最好的雇工。

一位太太，本村的一个女地主，知道农妇的不幸以后，在安葬那一天前去看望她。

女地主正赶上她在家里。

农妇站在小木屋中间一张桌子前边，她以右手平稳的动作（左手像一条鞭子那样垂下来），不急不忙地从一只被火烟熏黑了的瓦盆盆底舀着很稀的菜汤，接着一勺接一勺地吞下肚去。

农妇的面颊消瘦，脸色阴沉，两只眼睛红肿……但她恭恭敬敬地笔直地站着，像在教堂里那样。

“天哪！”太太想道，“她这个时刻还能够吃东西，……他们这些人全都是一个样儿，都是铁石心肠！”

于是在这个场合，太太回想起，几年前她失去了九个月的小女儿，由于悲痛，她拒绝租用彼得堡近郊一庄极好的别墅，宁愿在城里度过整个夏天！——可是，这农妇却继续在大口大口地喝着菜汤。

太太终于忍不住了。

“塔季扬娜！”她说道，“怎么呀！我真感到惊奇！难道你不疼爱自己的儿子吗？你怎么还有胃口？你怎么还能够吃得下这些菜汤！”

“我的瓦夏死了，”农妇声音低沉地说，悲痛的泪水又沿着她深陷的两颊流下。“那么，我也完了：我像给人挖去了心肝一样[①]。但菜汤是不该糟蹋掉的呀：要知道，里面放了盐啊。”

太太只耸了耸肩膀，随后走开了。对她说来，盐太容易到手啦。

一八七八年五月

① 这句话直译是：我像活活给人砍掉了脑袋一样。

蔚蓝的王国

噢，蔚蓝的王国！蔚蓝，光明，青春和幸福的王国啊！我在梦中看见了你……。

我们几个人乘着一叶装饰得很美丽的小舟。一张白帆像天鹅的胸脯，扬起在随风招展的桅头旗下边。

我不知道我的同伴是些什么人；但我浑身都感觉得到，他们全都像我一样，是这样年轻，这样快活和幸福！

不错，我并没有注意他们。我眺望四周，一片茫无边际的蔚蓝的海，无数波浪闪耀着金鳞；头上，也是这样茫无边际，这样蔚蓝的海——在那儿，温柔的太阳在运行着，喜气洋洋地，宛然在微笑。

在我们中间，不时升起爽朗的、快乐的笑声，宛若群神的欢笑！

忽然，不知从哪些人嘴里，脱口说出了一些话语，一些充满灵感的力量的、极其美妙的诗句……仿佛天空也在对它们发出呼应——周围的海，也富有同感地在颤鸣……。但随后，又开始了怡然自得的寂静。

我们的快速的小舟，随着柔和的波浪，在轻轻地起伏。它不是靠风推动；是我们自己的跃动的心，在驾驶着它前进。我们想要到什么地方，它就像一个活的物体那样，驯服地飞驶到什么地方去。

我们来到群岛，来到一群半透明的仙岛，各种宝石、水晶和碧玉放射着光彩。从呈圆形的岸上，飘来令人心醉的芬芳；一些岛屿上，白蔷薇和铃兰的落英，雨也似的散落在我们身上。从另一些岛屿上，突然飞起了各种颜色的长翼鸟。

群岛在我们头上盘旋，铃兰花和蔷薇花渐渐消失在顺着我们小舟平滑的两侧溜过去的珍珠般的浪花里。

跟着花儿，跟着鸟儿一起飞来的，还有美妙悦耳的声音……。里边觉得好像有女人的声音……。于是，周围的一切——天空，海洋，高扬着的帆，船尾水流的潺潺声———一切都像在诉说着爱情，诉说着幸福的爱情！

但是她，我们每个人都钟爱的那个人，就在这儿……在近旁，却看不见。再过一瞬间——瞧吧，她的眼睛将闪烁着光辉，她的脸庞将喜悦得堆满笑容……。她的手将拉起你的手——把你领到千古不灭的天堂去！

蔚蓝的王国啊！我在梦中看见了你……。

一八七八年六月

老　人

黑暗、艰难的日子来到了……。

你自己的疾病，亲人们的病痛，老年的凄凉和愁闷……。你所钟爱过的一切，你曾无偿地专心从事过的一切，都正在衰微着和消失着。走的是一条下坡路。

怎么办呢？悲伤？哀悼？你这样做对你自己，对别人都无所帮助。

在正在枯萎的、已经弯曲的树上，叶子更零落，更稀疏了——但它还是那样翠绿。

那么，你感到憋闷时，请追溯往事，回到自己的记忆中去吧，——在那儿，深深地，深深地，在百感交集的心灵深处，你往日的、只有你可以理解的生活，将会忽然闪现在你的眼前，发出自己的芬芳，依然饱孕着新绿和春天的爱抚与力量！

可是，你得小心……可不要朝前看啊，可怜的老人！

一八七八年六月

两个富翁

大富翁洛希尔[1]从自己巨大的收入中，拨出成千上万的钱来教育儿童，疗治病人，扶济老弱。当人们当着我的面过分颂扬他的时候，我也赞扬着，而且很受感动。

可是，当我赞扬和受到感动的时候，我不能不回想起一个极穷苦的农人家庭，他们把一个孤苦伶仃的侄女儿，收养在自己破烂不堪的小屋里。

“倘使我们收下了卡季卡，”老农妇说道，“那么，我们将为她开销得连一个铜板也不会剩下。我们将会连盐也买不起，稀汤里也放不起盐了……。”

“我们还是收下她吧……吃不上盐也罢，”她的丈夫，一个农夫回答说。

洛希尔远远不及这个农夫啊!

一八七八年七月

① 麦耶·洛希尔（1743–1812 年），在欧洲拥有很多分支银行的大银行家。

记　者

两个朋友坐在桌边，喝着茶。

街上突然喧哗起来。传来叫苦不迭的呻吟声、激烈的咒骂声，迸发出幸灾乐祸的大笑声。

“正在揍某一个人，”其中一位朋友从窗口看了看以后说道。

“揍的是罪犯？杀人凶手？”另一位问道。“听我说，不管他是谁，都不许可没有经过审判就打。我们去替他说说情吧。”

“可是，这揍的不是杀人凶手。”

“不是杀人凶手？那揍的是贼？反正一样，让我们去把他从人群里拉开吧。”

“也不是贼。”

“不是贼？那么，揍的是售票员，铁路员工，军需后勤人员，俄国的墨齐纳特[①]，律师，心地善良的编辑，公益事业的捐助者？……我们还是去帮他一把吧！”

① 墨齐纳特是俄语 Меценат 的音译，意为庇护学术和文艺的财主或古董商人。这个名词，是从古罗马财主 Maecenas 之名转译而来的。

“不……这揍的是一个记者。”

“揍的是记者？好吧，你听我说：让我们先喝完一杯茶吧。”

一八七八年七月

两兄弟

那是一个幻影……

我面前出现了两个安琪儿[①]……两个神仙。

我所以说安琪儿……神仙，是因为两位都是裸体，没有穿任何衣服，各自的肩膀后边，都耸着一对有力的、长长的翅膀。

两位都是年轻人。一位——有一点儿胖，肌肤光滑，黑色的鬈发。一对深棕色的眼睛，懒洋洋的含情脉脉，睫毛浓密；目光媚惑，愉快，贪婪。脸孔非常可爱，迷人，有点儿粗鲁，有点儿凶恶。鲜红的、丰满的嘴唇，在轻轻地抖动。年轻人微笑着，像一位有权势的人那样——过于自信，而且怠慢；华丽的花冠，轻轻地戴在很漂亮的头发上，几乎触到了丝绒似的眉毛。一张色彩斑斓的、被金箭所戮获的豹皮，从他一边丰满的肩膀上轻盈地披下来，垂到凸出的大腿边。翅膀上的羽翎，闪耀着玫瑰花那样的粉红色光彩；它们的末端鲜红，简直像浸过紫红色的鲜血。它们有时很快地颤动着，夹带着令人惬意的、清脆的响声，像春雨的喧哗声。

① 安琪儿，神话中善良、美丽的化身。

另一位是瘦个子，身体略带黄色。随着每一次呼吸，微微地显现出肋骨。淡黄的头发，稀疏而平直；一对淡灰色的眼睛又大，又圆……目光惊惶不安，而且出奇地明亮。脸上的所有特征都很突出；小小的、半张开的嘴巴，露出鱼齿似的尖牙；短短的鹰钩鼻；突出的下巴，长满了泛白的茸毛。两片干瘪的嘴唇，好像从来也没有笑过。

那是一张端正的，可怕的，冷酷的脸！（不过，前一位美男子的脸，虽然又亲切又快乐，也没有表现出怜悯的神情。）后一位的头周围，挂了几根编在一根枯草上的，断了的空麦穗。粗糙的、灰黄色的编织物，盘绕在腰间；脊背上深蓝色的、没有光泽的翅膀，慢慢地、威严地摆动着。

两个年轻人，好像形影不离的伙伴。

他们俩，肩膀靠着肩膀。前一位一只温柔的手，像一串葡萄那样，搁在后一位干瘦的锁骨上；后一位瘦小的手，长长的、纤细的手指，像蛇那样，伸到前一位像女人般丰腴的胸脯上。

于是，我仿佛听到了一个声音……。那声音这样说道：

“在你面前，爱情和饥饿——这是一对亲生兄弟，是一切活着的有生命之物的两个根基。”

“为了吃，一切活着的东西都在运动着；可是吃，又是为了再生产。”

“爱情和饥饿——它们的目的是一个！就是要使生命不致终止，——不致终止自己的和别人的——也就是说，大家共同的生命。”

一八七八年八月

纪念尤·彼·伏列夫斯卡娅[①]

在一个被炮火轰毁的保加利亚小村庄，在一个仓促改成的战时行军医院—— 一间破烂的草房的遮棚下，她患着伤寒病，奄奄一息地躺在污秽、发臭、潮湿的麦草上，已经两个多星期了。

她已经不省人事了——甚至连一个大夫也没有去看过她一眼；那些在她还能站着走动时，由她护理过的有病的士兵，轮流着从他们的传染病巢里爬起来，把一只破陶瓷罐里的几滴水，送到她干裂的嘴唇边。

她当年很年轻，美丽；上流社会都知道她；甚至连一些达官显贵也打听她。太太们嫉妒她，男人们则追逐她……有两三个人暗中在深深地爱着她。生活曾向她微笑；可是，世间有些微笑往往比

① 据《屠格涅夫文集》编者注释，手稿原标题为:《纪念尤·彼·伏》。尤利亚·彼得罗夫娜·伏列夫斯卡娅（1841—1878 年），出嫁前姓瓦尔帕霍夫斯卡。她嫁给伊·阿·伏列夫斯基将军不久，丈夫就在高加索阵亡。1877 年夏天，她自愿到俄土战争前线做看护妇，于第二年（1878 年）一月病死在保加利亚的别拉城。屠格涅夫自 1873 年起跟伏列夫斯卡娅通信，同她保持着友情。她病逝后，俄国诗人雅·彼·波隆斯基在《新时代》发表了一首诗纪念她。为此，屠格涅夫给波隆斯基写信说:“她是个非常好的人——又遭到如此深沉的不幸！”至于散文诗中说到的“有两三个人暗中在深深地爱着他”，所指的也包括屠格涅夫自己。这一点可以从他于 1877 年 2 月 7 日写给她的信里看出来。

眼泪更悲惨。

她有一颗温存、柔和的心……还有她那种刚强，那种渴望牺牲的忘我精神！除了去帮助那些需要帮助的人……她不知道世上还有别的幸福，……她不知道——也还没有体验过。一切别的幸福，都从她身边过去了。但是，她早已经不去计较这些——她整个身心燃烧着不灭的信仰之火，要献身去为他人服务。

在她的心灵深处，在她的心灵的最秘密的地方，蕴藏着什么极宝贵的珍宝，任何时候，无论何人都不知道——而现在，当然，更不会知道了。

然而，又有什么用呢？牺牲已经作出……事业已经完成。

可是，想到没有什么人对她的遗体说一句感谢的话，实在令人伤心——虽然她本人对任何感谢，都会觉得羞愧和设法回避。

我大胆地把这朵迟开的小花，呈献在她的墓前，愿她可爱的亡灵不会感到委屈吧！

一八七八年九月

利己主义者

在他身上，有鞭鞑自己家人所需要的一切东西。

他生来健康，生来富有——而且，在自己漫长的生活途程中，他始终富有和健康，从未有过一次过失，从未犯过一次错误，从未有过一次失言，也从未有过一次失算。

他为人无可指摘的直率！……而且，他以意识到自己的直率而骄傲，以它来压倒所有的人：亲人，朋友，熟人。

直率是他的资本……他从这资本里取得像高利贷者所持有的利息。

直率使他有权利做一个残忍的人，不做不许可的好事；他也的确残忍——没有做过好事……因为奉命做的好事——不算好事。

除了自己的——如此典型的直率，他从来对谁都不关心！——特别是，要是别人也极力不理睬他的直率的话，他就会真诚地愤怒起来！

但同时，他并不认为自己是个利己主义者——而且，对于利己主义者和利己主义，他比对什么都抨击得更厉害，都更不放过！哪还用说！别人的利己主义，正妨碍着他本人的利己主义。

他连自己最小的弱点也不知道，因此他不了解，也不能容允任何人的弱点。他根本不了解任何人和任何事，因为他整个儿——四面八方、上下左右、前前后后，都被他自己包围着。

他甚至不了解：宽恕意味着什么？他不需要宽恕他自己……他又何必宽恕别人呢？

在他自己的良心的法庭面前，在他自己的上帝面前——他，这个怪物，这个道德的恶棍，把眼睛抬向天，以一种又坚决、又清晰的声调说道："不错，我是个问心无愧的人，我是个有道德的人！"

他躺在临终的床上也将重复着这些话——甚至在那个时候，他的铁石般的心——这颗既无瑕疵，也无裂痕的心，无论如何也不会震颤一下。

噢，自负、刚愎、一钱不值的道德的丑陋——你比放荡行为的毫不掩饰的丑陋，大概更加令人憎恶！

一八七八年十二月

上帝的宴会

一天，上帝打算在自己天蓝色的宫殿里，举行盛大的宴会。

他把所有的美德都叫来作客。全是美德……他没有邀请男士……只邀请了女士。

她们很多女士都聚会在一起了——伟大的和渺小的。渺小的美德，比伟大的更加令人愉快，也更加可爱；但是，大家都好像很满意——都在客气地彼此交谈着，好像密切的亲友和熟人那样。

可是，这时，上帝发觉了两位非常美丽的女士，看来她们彼此还完全不曾相识。

主人拉住这两位女士中的一位的手，把她领到另一位面前。

“行善！”他指了一下前一位，说。

“知恩！”他指了一下后一位，又说道。

两位美德说不出的惊奇：自从存在世界以来——而世界存在已久，——她们才首次相会！

一八七八年十二月

斯芬克斯[1]

灰中微带黄色的，表面松软的，底下坚固的，踩上去吱吱有声的沙土……一望茫茫无际的沙土！

就在这沙土的荒漠上，在这死寂的尘土的海洋上，耸立着一座埃及斯芬克斯的巨大头像。

这一双粗阔、突出的嘴唇，这一对呆板、宽大、翘起的鼻孔——以及这一对眼睛，这一对在一双高高的弯眉下半睡半醒、半开半闭的，眯缝着的眼睛，想说些什么呢？

它们可想说些什么呀！它们甚至在说着话，可是只有一个奥狄浦斯[2]能够解谜，明白它们无声的话语。

噢！我可认识这张脸……在这脸孔上，已经没有任何埃及人

① 斯芬克斯，古埃及的狮身男性人面像。而据希腊神话，斯芬克斯是狮身或狗身女首女胸的有翼的怪物。

② 奥狄浦斯，古希腊神话中特拜城的王子。据说，他的父亲相信自己将被儿子杀死的预言，把他遗弃在野地里。他长大以后，偶然杀了一个人，以后自己作了特拜城的王，娶了该城的王后。后来他才知道，被他杀死的就是他的父亲，所娶的就是他的母亲，于是他把自己的一双眼睛弄瞎以赎罪。他曾猜中了狮怪所出的没有人能猜出来的三道谜，因而他的名字成了很多有智慧，会解决难题的人的代名词。

的特征。白白的、低低的前额，突出的颧骨，短而直的鼻子，漂亮、牙齿洁白的嘴巴，柔软的短髭和鬈曲的胡子，以及这对离得很开的、不大的眼睛……而满头的浓发，梳向两边……。这就是你，卡尔普，西多尔，谢苗[①]，雅拉斯拉夫的，梁赞[②]的农人，我的同胞，俄罗斯的亲骨肉！你早已经成为斯芬克斯了吧？

或许，你也想说些什么吧！对了，你也是——斯芬克斯。

你的眼睛——这对平凡的，但是深邃的眼睛，也在说话……。它们的话语也同样默默无声和难以猜测。

不过，你的奥狄浦斯在哪儿呢？

唉！全俄罗斯的斯芬克斯啊，要成为你的奥狄浦斯，光戴上平顶毛皮帽[③]是不够的呀！

一八七八年十二月

---

① 卡尔普、西多尔、谢苗，都是俄罗斯人的普通名字。

② 雅拉斯拉夫、梁赞，都是俄罗斯的省名。

③ 这种平顶毛皮帽，19 世纪以前俄国人常戴。

女　神[①]

我站立在连绵起伏，呈半圆形的美丽的群山前边；群山上下，覆盖着一片嫩绿的幼树。

在群山上面，南方的天空清澈、湛蓝；太阳的光芒从高空照耀着；在下面，几条湍急的小河，被青草半遮着，潺潺流去。

于是，我回想起古老的传说，在耶稣诞生的第一世纪，有一艘希腊船航行在爱琴海[②]上。

时间正是中午……风平浪静。忽然，在舵手头上的高空，有人清楚地叫道：

“当你在孤岛旁边驶过时，请大声地呼喊：“大神潘[③]死了！”

舵手大为吃惊……感到害怕。不过，当船从孤岛旁边驶过去的时候，他还是听从了，他呼喊道：

“大神潘死了！”

---

① 据《屠格涅夫文集》编者注释，这篇散文诗取材于古希腊道德问题作家普鲁塔克（公元约46–126年）的作品《求神降示的乩坛何以停止》。

② 爱琴，原是希腊神话中的雅典王，据说因为误信爱子战死而投海死去，海因而得名为爱琴海。

③ 潘，希腊神话中的畜牧神。

即刻回答他的呼喊的，是从整个岛岸上（而孤岛上荒无人烟）响起了巨大的号啕痛哭声，呻吟声，拖长的、悲哀的呼叫声：

“死了！大神潘死了！”

我回想起这个传说……于是，一个奇怪的念头出现在我的脑际。“如果我也大声呼唤，会怎么样呢？”

可是，由于我沉浸在一片欢悦中，我不能够想到死——于是，我用全身力气呼喊了起来。

“复活了！大神潘复活了！”

片刻间——真奇怪啊！——回答我的呼唤的，是从整个半圆形的宽阔、翠绿的群山上，响起一阵友好的哈哈大笑声，扬起愉快的谈话声和拍掌声。“他复活了！潘复活了！”——响着年轻人的声音。在前边那儿，忽然万物都在笑逐颜开，一切都比高空的太阳更光辉夺目，比草下潺潺流去的小河水更可爱迷人。传来急促的、轻盈的脚步声；透过碧绿的密林，闪现着波状东尼卡[1]那大理石般的白色，以及一些裸露的身体的肉红色……。那是女神，女神，山林女神们，酒神的女祭司们，从高处向平原跑来了……

她们一下子出现在整个树林边。女神们的头上都盘着一绺鬈发，一双双又匀称又美的手，举着花环和提姆班[2]——于是，笑声，响亮动听的、奥林普山[3]诸神的笑声回响着，和她们一起荡漾着……

前边跑着一位仙女。她比所有女神更高，也更美丽，——肩膀上挂着一个箭袋，两手执着一支弓，耸起的鬈发上插着一个月

---

① 东尼卡，古罗马的一种白色短袖长衬衣。

② 提姆班，古代类似罐鼓的一种乐器。

③ 奥林普山，在希腊。古希腊神话中，奥林普山上住着各种女神。

牙儿似的银簪……

狄爱娜[①]，这是你吗？

然而，仙女忽然站住了……片刻间，所有的女神都跟着她停下来。银铃般的笑声静下来了，我看见，骤然间变得说不出话来的这仙女的脸颊上，怎样蒙上了致命的惨白色；我看见，她一双腿怎样变得僵硬，无法形容的恐怖怎样使她张开了嘴巴、睁大一对眼睛注视着远方……。她看见了什么呢？她望着何方？

我转身面向她望着的那个方向……

在天空的尽头，在低低的地平线里边，在耶稣教堂顶端的白色钟楼上，金色的十字架像燃烧着的星点在闪耀……。仙女看到了这个十字架。

我听见了背后不均匀的、长长的叹息声，像绷断的琴弦那样的颤动声，——可是，当我重又转过身去的时候，女神们已经无影无踪……。辽阔的树林，依旧青翠碧绿，——只是有些地方，透过稠密枝叶的网状空隙，显现着，渐渐消失着一小块一小块的一种白色的东西。那是女神们的东尼卡呢，还是从山谷底下升起的水蒸气——我不知道。

不过，我为消失了的女神感到多么可惜啊！

一八七八年十二月

① 狄爱娜，罗马神话中保护狩猎的女神。一说即月神塞勒涅。

敌与友

一个被判了终身坐牢的囚徒，从监狱里逃了出来，马上拼命地飞快奔跑起来……。追缉者们跟踪急追着他。

他全力跑着……。追捕者们开始落后了。

可是，就在他前面横着一条岸壁陡峭的河流，一条狭窄的、但好深的河流……。可他不会浮水！

一块腐朽了的薄薄的木板，连接着两岸。逃跑者已经抬起一只脚要踏到它上面……。可是，就在这个时刻，出现在河岸边的有：他的一个最好的朋友和他的一个最残忍的敌人。

敌人什么也没有说，只是交叉起两只手；但是，朋友却大声疾呼道：

“得啦吧！你干什么呀？你醒悟吧，疯子！难道你没有看见木板完全腐朽了吗？你一踏上去，它就会断的——你也免不了要死掉呀！”

“可是，没有别的渡口呀……而他们已经追上来了，你听见吗？”不幸的人绝望地叫苦说，而且跨上木板了。

“我不允许！……不，我不允许你死！”热诚的朋友大喊起来，并且从逃跑者脚下抽去了木板。那位逃跑者立即轰然一声地跌进了汹涌的浪涛里——淹死了。

敌人洋洋得意地笑起来——然后，走开了；但朋友却在岸边蹲下来——开始在伤心地痛哭着自己不幸的……不幸的朋友！

然而，他没有想一想，朋友的死应归咎于自己，……他一刻也没有去想一想。

“他没有听我的话！他没有听！”他垂头丧气地喃喃说。

“但是，话又说回来！”他末了说道。“他本来要在可怕的监狱里受一辈子折磨！现在，他至少不再受苦受难了！现在，他可轻松了！大概命运给他作了这样的安排！”

“但从人之常情说来，依然令人觉得可惜！”

于是，这个好心肠的人，继续在无法安慰地号啕痛哭着自己的不幸的朋友。

一八七八年十二月

耶　稣

我梦见自己变成了一个青年，差不多像个小孩，在一座低矮的乡村教堂里。古老的圣像前边，一支支细长的蜡烛燃烧着，发出一点点红色的光焰。

每一点小火焰，都有一圈虹霓色的光晕。教堂里幽暗，朦胧……。可是，站在我前边的人很多。

全是淡褐色的农夫们的头。它们有时开始徐徐摆动，低下去，又重新抬起来，好像成熟了的麦穗，被夏季的和风吹拂着，在缓缓地、波浪般地一阵阵晃动。

突然，有一个人从后面走上来，站立在我的身旁。

我没有掉过头去看他——可是，我立刻感觉到，这个人正是耶稣。

我一下子充满深受感动、好奇、畏惧的心情。我鼓起勇气……看了看站在自己旁边的人。

他的脸，和大家的脸一样——一张跟所有的人的脸相似的脸。眼睛稍微朝上望着，目光专注，而且安详。嘴唇合拢，但闭得不紧：上唇好像贴在下唇上憩息。不多的胡子分成两撇。两只手叠放在一起，一动也不动。他穿的衣服，也和大家穿的一样。

“这是什么耶稣啊！”我心里想道。“一个这么普通、平凡的人！不可能是耶稣！”

我把脸转到一边去。可是，我还没有来得及把目光从那个平凡的人身上移开，我又仿佛觉得，站在我旁边的这个人正是耶稣。

我又鼓起勇气……。于是，我又看到那同样的一张脸，一张和所有的人的脸相似的脸，同样普普通通的，尽管还不相识的面容。

我突然感到可怕——我于是清醒过来。只是在这时候我才明白，正是这样的脸——这张和所有的人的脸相似的脸，才是耶稣的容颜。

一八七八年十二月

岩　石

你曾否看见过沿海岸边古老的灰色岩石，在阳光明媚的日子里，在涨潮的时刻，滚滚浪涛从四面八方冲向它——扑打它，戏弄它和抚爱它——并且把散开的、闪亮的、珍珠似的浪花泡沫，泼洒在它长满藓苔的头上呢？

岩石依然还是一样的岩石——但是，在它的阴沉的表面，焕发出明亮的色彩。

这些色彩说明那遥远的年代，那时候熔化开的花岗岩刚刚开始凝固，全身闪烁着火红的颜色。

这样，不久以前，青春少女们的灵魂，又从各个方面闯进我的老年人的心——而且，在她们的爱抚的轻轻触摸下，我心头又泛起早已暗淡了的色彩，燃起以前曾有过的火花！

浪涛向后猛退……可是，色泽还没有暗淡下去——尽管凛冽的风在把它们吹干！

一八七九年五月

鸽 子

我站在一座缓坡的小山之巅，在我眼前——展开一片熟了的黑麦田，一忽儿像金色的，一忽儿又像银色的海洋那样，闪耀着斑斓的色彩。

可是，这个海洋没有扬起微波，闷人的空气里没有一丝儿风影：一场很大的暴风雨逼近了。

在我身旁，太阳还在照耀着——炎热而暗淡；可是在那儿，在黑麦田后面不很远的地方，暗蓝色的乌云像一个沉重的庞然大物，横亘在整整半个地平线上。

一切生物都隐藏起来了……一切生物都在预示凶兆的太阳余辉照耀下，变得非常难受。听不见一声鸟鸣，也看不见一只鸟影；甚至连麻雀也躲藏起来了。只在近处有个地方，一片孤独的大牛蒡叶在倔强地低声细语和啪啪作响。

田埂上，苦艾散发出多么浓烈的气味！我眺望着那蓝色的庞然大物……心里感到有点惊慌不安。“好吧，快点来吧，快点来吧！”我想，“你闪烁吧，金色的蛇，你轰鸣吧，雷声！凶恶的乌云，你移动，翻滚，洒下倾盆大雨，使这种闷人的苦恼终止吧！”

可是，乌云没有移动。它依然像先前那样压迫着沉寂的大地……只是它好像在膨胀着，变得越来越黑了。

就在这时，在单一的深蓝色云块上，有种东西在均匀地、平稳地闪动着；完全像一块白色小手帕或一个小雪团。原来那是从村子那边飞来的一只白鸽。

它在飞着，始终笔直地、笔直地飞着……随后在树林后边隐没了。

过了一会儿——依旧是那样厉害的寂静……。可是，看呀！已经是两块手帕在闪现着，两个小雪团又飘回来了：那是两只白鸽，正在平稳地飞翔，飞回家去。

就在这时，暴风雨终于到来了——那个厉害劲，真是不得了啊！

我好不容易才奔回家。风在呼啸，像发疯了似的到处乱窜；红褐色的、低低的云层，好像被撕成了一块块碎片，在飞驰；一切东西都在旋转飞扬，混杂在一起了；瓢泼般的暴雨像垂直的水柱落下来，噼噼啪啪地响着；闪电迸发出绿色的耀眼火光；断断续续的雷声，像大炮似的轰鸣着；空气里弥漫着硫磺的气味……

然而，在屋檐下，天窗的角边，并排站着一对白鸽——那一只是飞出去寻找伴侣的，而那另一只便是它带回来的，也许是被救回来的伴侣。

它们两个竖起了羽毛，彼此都感觉得到自己的翅膀挨着对方的翅膀……

它们多么愉快！连我看着它们也感到愉快……。虽然我是独自一个人……像往常那样独自一个人。

一八七九年五月

明天，明天！

度过的每一天，几乎都是那么空虚，那么懒散，那么毫无价值！它给自己留下的痕迹是多么少！这些一点钟又一点钟消逝了的时间，又是多么没有意义，多么糊里糊涂啊！

然而，人却要生存下去；他珍惜生命，他把希望寄托在生命，寄托在自己，寄托在未来上面……噢，他期待着将来什么样的幸福呀！

可是，他为什么设想，其他后来的日子，将不会同刚刚过去的这一天相似呢？

他就是没有料想到这一点。他向来不爱思索——他这做得倒很好。

“啊，明天，明天！”他安慰着自己，一直到这个“明天”把他送入坟墓。

好啦——一旦在坟墓里——你就不得不停止思索了。

一八七九年五月

大自然

我梦见，我走进了一座很大的、高拱门的地下建筑物。它里边也都充满着一种地下的、均匀的光。

在建筑物的正中间，坐着一个威严的女人，穿着有波纹的草绿色衣裳。她的头垂靠在一只手上，好像在沉思默想。

我立刻明白，这个女人正是大自然的化身——于是，我刹那间打了个寒噤，一种虔敬的恐惧深入到我的心里。

我向坐着的女人走上前去——接着，恭恭敬敬地行了一鞠躬。

“啊，我们共同的母亲！”我提高声音说道，“你在思索着什么呢？你不是在思考着人类未来的命运吧？是不是在思考着，人类怎样才能达到可能有的美满和幸福呢？”

女人慢慢地把自己一对乌黑、严厉的眼睛转向我。她的嘴唇动了一下——于是，响起跟铁器撞击的铿锵声相似的洪亮的声音。

“我正在想，怎样给跳蚤的腿部肌肉增加更大的力量，使它可以更容易地从自己的敌人那儿逃生。攻与守的均势已经被破坏了……。应该恢复这种均势。”

“怎么？”我呐呐地答话说。“原来你是在想这个？可是，我们人类难道不是你所宠爱的孩子吗？”

女人稍微皱了皱眉。

“所有的生物都是我的孩子，”她说，“我对它们都一视同仁地关怀，也一视同仁地使它们毁灭。”

“可是，善……理性……正义……”我又呐呐地说。

“这是人类的说法，”响起铁一般坚定的声音。“我不知道善，也不知道恶……。理性对我来说，也不是法律——正义又是什么东西呢？我给了你生命——我要把它夺回来，送给别的生物，送给蛆虫或者人类……我都无所谓……。但暂且让你替自己辩护吧——不要来打扰我！”

我当时想反驳……可是，周围的大地闷声地呻吟起来，震动了一下——我于是醒来了。

一八七九年八月

“绞死他！”

“这件事发生在一千八百零五年，”我的一位老熟人开头说，“发生在奥斯特利茨战役[①]之前不久。当时，我在一个团里当军官，该团驻扎在摩拉维亚[②]的宿营地。

“那时，我们被严格地禁止骚扰和欺压当地居民；可是，他们却睥睨地看待我们，虽然我们也算是盟军。

“我的勤务兵是从前我母亲的一个农奴，名叫叶戈尔。他为人诚实，温和；我从小认识他，而且像对待朋友那样对待他。

“瞧，有一次，我所住的房子里，发出了吵骂的叫喊声，哭号声：原来，女房东被人偷去了两只鸡，而且她把这次失窃归罪于我的勤务兵。他正在替自己辩护，把我叫去做证人……。‘他偷起东西来啦，他，叶戈尔·阿夫达莫诺夫！’我要女房东相信叶戈尔的诚实，可是，她什么都不想听。

① 奥斯特利茨，地名，捷克的斯拉夫科夫城的德文旧称。1805年11月20日（公历12月20日），俄（国）奥（地利）联军与拿破仑一世的法军在此地大会战，结果俄奥联军大败。后来，这次大会战就称为奥斯特利茨战役。

② 摩拉维亚，今捷克地名。

“突然，沿街传来了有节奏的马蹄声：那是总司令本人同自己司令部的人一起来了。

“他骑着马，一步一步地走着；那是个胖子，脸上皮肉松弛，耷拉着脑袋，而两边带穗的肩章垂向胸前。

“女房东看见了他——于是，奔向前去拦住他的马队，双膝跪下——她整个儿头发散乱，衣服很不整齐，开始在大声地控告我的勤务兵，一只手指着他。

“‘将军大人！’她叫喊道，‘大人啊！请判断一下！请帮一帮忙！请救一救吧！这个兵抢了我的东西啦！’

“叶戈尔站在屋子的门槛前，垂手直立着，一只手抓着帽子，甚至像哨兵那样挺着胸脯和并拢了脚跟，——可是一句话也没有说！不知是整整这么一列站立在街中间的将官们使他发窘了呢，还是飞来的横祸把他吓呆了——我的叶戈尔只是站着，眨巴着眼睛，而脸色像白陶土似的刷白！

“总司令把漫不经心的、阴沉的目光投向他，生气地哼声道：

“‘唔？……’

“叶戈尔像木偶那样站着，张口露着牙齿！从侧面看去：人好像在笑着哩。

“这时，总司令断断续续地说了句：

“‘绞死他！’随后，碰了碰马的两肋，起步往前走去——起初还是一步一步地走着，但随后速步快跑起来。整个司令部的人都跟着他疾驰而去；只有一位副官坐在马鞍上扭过身来，匆匆看了一眼叶戈尔。

“不服从是不可能的……。叶戈尔立即被抓了起来，拉去处死。

“这时，他已经完全面无人色——只是两次很吃力地喊道：

“‘我的爷！我的爷啊！’接着又低声地说：‘上帝明白——不是我！’

“他伤心地、伤心地哭泣着，跟我告别。我陷于绝望之中。

“‘叶戈尔！叶戈尔！’我喊道，‘你怎么什么话也不向将军说一说呀！’

“‘上帝明白，不是我，’不幸的人一边呜咽着，一边重复道。女房东本人吓呆了。她怎么也没有预料到会有这样可怕的决定，也同样在号啕大哭起来！她开始央求大家和每一个人饶恕，同时肯定地说，她两只鸡已经找到了，她自己愿意把一切解释清楚……。

“不用说，这一切都不会有什么作用了。先生，战时的秩序！纪律！女房东号啕痛哭得越来越大声，越来越大声。

“在牧师给他举行过忏悔祷告和圣餐礼以后，叶戈尔向我表示说：

“‘请告诉她，官长大人，希望她不要过分悲伤……。我已经原谅了她啦。’”

我的熟人重复说了自己的仆人的最后这几句话之后，低声说：“叶戈鲁什卡[①]，亲爱的，一个遵规守矩的人！”——接着，泪水沿着他那老年人的脸颊一滴一滴地流下。

一八七九年八月

① 叶戈鲁什卡，是叶戈尔的昵称。

我将想些什么呢？……

当我临死的时候，倘若那时我还能够思想的话，我将想些什么呢？

难道我将想到，我没有好好地利用生命，懵懵懂懂地过去了，把它耽误了，不懂得享受它的赠品吗？

“怎么？这就要死了吗？这么快？不可能！要知道，我什么都还没有来得及做完……。我刚刚才打算做啊！”

难道我将回忆过去，让思想停留在我经历过的那些不多的欢乐的时刻，停留在那些亲爱的形象和人物上吗？

让我做过的蠢事勾起我的回忆——让迟了的后悔的剧烈的苦恼，折磨我的心吗？

我会不会去想，死后等着我的是什么……死后真的会有什么东西在等着我吗？

不……我觉得，我将尽力设法不去想——将强制自己去瞎扯，只是为了从前边一片黑压压的可怕的昏暗里，引开自己的注意力。

一个快要死去的人当着我的面还在抱怨说，人们不想给他啃炒熟的核桃……只是在那儿，在他的已经不大明亮的眼睛深处，有一种东西，好像受了致命伤的鸟儿的被打断的翅膀那样，在挣扎着和颤动着。

一八七九年八月

“蔷薇花，多美丽，多鲜艳……”

很久很久以前，我曾经在什么地方，读过一首诗。它很快就被我忘了……可是，诗的第一行还留在我的记忆里：

蔷薇花，多美丽，多鲜艳……[1]

现在是冬天，严寒使窗玻璃蒙上了一层薄霜；在晦暗的房间里，点燃着一支蜡烛。我躲到角落里坐着；而脑子里老是回响着：

蔷薇花，多美丽，多鲜艳……

---

① 这首诗为俄国诗人伊凡·彼得罗维奇·米雅特列夫（1761–1844年）所作，题为《蔷薇》。它开头一段是：

蔷薇花，多美丽，多鲜艳，
在我的花园里，花儿迷住了我的视线！
我恳求春天的严寒老人
不要伸出冰冷的手把花儿触摸。

于是，我仿佛看见自己站在城郊一个俄罗斯人家的矮窗前。夏日的黄昏正在静悄悄地消逝，转入夜晚；温暖的空气里，散发着木犀草和椴树花的芳香。而在窗台上坐着一个姑娘，身子靠在一只撑直了的手臂上，头靠在肩膀上——默默地凝视着天空，好像在等待第一批星星的闪现。她那凝神沉思的眼睛，何等天真无邪和充满灵感；她那张开欲问的嘴唇，何等动人和纯朴；她那还在发育、尚未被任何事情烦扰的胸脯，呼吸得多么平静；她那年轻的脸庞又多么纯洁，多么温柔！我不敢和她说话，——可是，她在我看来是多么亲切，我的心又跳动得多么厉害啊！

蔷薇花，多美丽，多鲜艳……

但房间里越来越黑……。结了蜡花的蜡烛发出噼噼啪啪的响声，迅速移动的影子在低低的天花板上晃动，寒风在屋外怒吼、呼啸——觉得好像老年人的枯燥无味的絮语声……。

蔷薇花，多美丽，多鲜艳……

我眼前又浮现着另外的形象……仿佛听到乡村家庭生活的愉快的喧闹声。两个淡褐色头发的头，彼此靠在一块；她们闪着亮光的眼睛，在机灵地瞧着我；她们红润的脸颊，因为忍住了笑声而颤动；她们的手亲昵地交叉在一起；她们年轻的、很好听的声音，彼此在打断话头。而稍远一些，在舒适的房间深处，另一双同样年轻的手在急速移动，手指在紊乱地按着旧钢琴的键盘——可是，兰纳[①]的华尔兹曲，没能够压倒古老的茶炊[②]的咕嘟声……。

蔷薇花，多美丽，多鲜艳……

蜡烛的火光在渐渐暗淡下去，快熄灭了……。谁在那儿发出如此嘶哑、沉闷的咳嗽声呢？我的老狗蜷缩成一团，偎依在我的脚边颤抖，它是我唯一的伴侣……。我感到寒冷……。我冻得发抖……而她们都死去了……死去了……。

蔷薇花，多美丽，多鲜艳……

一八七九年九月

① 兰纳（1801–1843 年），维也纳作曲家，他的华尔兹舞曲在奥地利作曲家约翰·施特劳斯（1825–1899 年）的华尔兹舞曲出现以前，已享有很高的声誉。

② 这种茶炊不是一般的茶壶，而是俄罗斯人的家庭普遍有的一种铜质炊壶，中间有加木炭等燃料的小孔，是一种煮茶用具。

海上之行

我从汉堡搭一条不大的轮船到伦敦去。旅客只有我们两位：我和一只小猴子。这只纯种的雌猴，是一位汉堡商人送给自己的一位英国股东的礼物。

猴子被一条细长的链子拴在甲板的一张板凳上，它不安地跑来跑去，像鸟鸣似地悲哀地尖声叫着。

我每一次从旁边走过，它都向我伸出自己又黑又冷的小手——而且，抬起自己那对忧郁的，几乎像人的眼睛那样的小眼睛望着我。我拉起它的手——于是，它不再尖声叫和乱跑了。

已经完全风平浪静。海，像一张静止不动的铅灰色的桌布那样，向四周围展开。它看去好像不大；浓雾笼罩在它上面，遮住了桅杆顶，以自己柔和的雾气，使人神疲目眩。太阳挂在这一片烟雾里，好像一轮模模糊糊的红斑；但在傍晚前，整个太阳火红火红的，神秘而奇异地显出鲜红色。

又长又直的波浪的绉纹，好像沉甸甸的绸缎织物的绉襞，一个跟着一个地跑离船头，而且不断扩大，涌起波纹又再扩大，末了舒展开去，徐徐摆动，消失着。在机轮千篇一律的轧轧响声下，流动着滚滚浪花；浪花像牛奶那样呈白色，发出轻轻的响声，碎散成一些蜿蜒的水流，——而在那儿，浪花汇合在一起了，也消失了，被烟雾吞没了。

在船尾，小钟不停歇的、悲戚的叮当响声，不亚于猴子的尖叫声。

偶尔有一只海豹浮起来——接着，翻了个斤斗，又在刚刚被搅动的平静的海面沉了下去。

而船长是一个沉默寡言的人，晒黑的脸孔带着忧郁的表情，他正在抽着短烟斗，烦躁地向已经停滞的海面吐了吐唾沫。

对于我的所有询问，他都以不连贯的牢骚话作答；我不得不掉转身去，找我的唯一的旅伴——猴子。

我坐到它身旁；它停止了尖叫——而且，又把一只手伸给了我。

呆滞的雾，以令人昏昏欲睡的湿气侵袭着我们两个；我们沉浸在同样的、无意识的思维中，并排坐着，好像亲人似的。

我现在微笑着……可是，当时我有的是另一种感情。

我们都是同一个母亲的孩子——而且，叫我高兴的是，这只可怜的小野兽这样表示信任地安静下来和偎依着我，如同偎依着亲人。

一八七九年十一月

某女士[①]

你庄重地和平静地走在人生的道路上，没有眼泪，没有微笑；对人生的冷漠态度，更不容易使你激动。

你善良，而且聪明……一切都跟你无缘——你也不需要任何人。

你非常美丽——可是，任何人都说不清：你是珍惜自己的美丽呢，还是不珍惜？你自己漠不关心——你也不需要同情。

你的目光深邃——但又不是沉思；在这明亮的目光深处，有的是寂寞空虚。

这样，在极乐世界[②]，在格鲁克[③]的庄严的乐曲旋律声中——一群体态又匀称又美的身影，无忧无虑地，也没有乐趣地在游动着。

一八七九年十一月

---

① 原文标题为 H. H.，这个俄语缩写词也可译为“某某”或“某人”。

② 极乐世界，是希腊神话中死人灵魂永远安息的地方。在这里，屠格涅大谈的是克·维·格鲁克的歌剧《奥尔菲》的第二幕。在这幕剧中，叙述着在极乐世界发生的事件；在那儿，死人的幽灵合唱队在唱着歌。

③ 克·维·格鲁克（1714–1787年），杰出的作曲家，18世纪欧洲歌剧的改革者之一。原籍德国，幼年居住在捷克。他以18世纪新的资产阶级民主古典主义的精神，把意大利歌剧和法兰西歌剧改变为充满高雅、朴实、浓厚的戏剧性和英勇精神的真正音乐悲剧，如《伊菲姬尼娅在奥里德》、《伊菲姬尼娅在塔夫利达》等作品。

留　住

留住！让我现在看到的你的这种仪态，永远留在我的记忆里吧！

最后的有鼓舞力的声音冲口而出——你的眼睛没有发亮，也没有闪光——原来，你仿佛伸出你的得意洋洋的、你的疲惫不堪的手去抚摸过的那种美，那种你成功地表现出来的美，那种美的幸福和美的怡然自得的感觉，使你的眼睛疲累了，渐渐失去了亮光！

在你的四肢，在你的衣服的最小的褶襞里，放射出什么样的光辉，比太阳的光更微妙和更明媚呢？

是什么神用自己温柔的轻轻的吹拂，使你披散的鬈发向后飘动呢？

是他的吻，在你白得像大理石那样的前额上燃烧！

这就是她啊——爱情、生活、诗的秘密，公开的秘密！这就是不朽，这就是不朽啊，永生不朽！别的不朽是没有的——也是不需要的。在这一瞬间，你是不朽的。

只要这一瞬间消逝，你便又是一撮灰烬，一个女人，一个女孩子……。可是，你都无所谓！在这一瞬间——你站得更高了，你站在一切正在消逝的、短暂的事物之外了。这个你的一瞬间，永远也不会完结。

留住！让我成为你的不朽的参与者，让你的永恒的回光，照射到我的灵魂里来吧！

一八七九年十一月

僧侣

我认识一个僧侣，一个独居修道士，一个圣徒。他活着，只以祷告为快乐——而且，他陶醉在祷告中，可以长久地站立在教堂的冷地板上，直站到他膝盖骨以下的一对小腿浮肿起来，像两根柱子那样。他感觉不到两条腿了，依然站着——而且在祷告着。

我了解他——也许，我还羡慕他——但愿他也了解我，不要谴责我——不要谴责我这个享受不到他的快乐的人。

他已经达到了忘却自己的地步，忘却了自己的可憎的我；可是，我所以不去祷告，并不是出于自尊心。

我的自我对于我，也许比他的自我对于他，更加累赘，更加令人讨厌。

他已经找到了忘掉自己的归宿……是啊，我现在也在寻找，虽然还不是那样经常。

他不说谎……是啊，我也不说谎。

一八七九年十一月

我们将战斗下去！

一件极微末的小事情，有时候也可能完全改变一个人！

有一天，我一边沉思默想着，一边沿着一条大路走去。

沉重的预感，紧压着我的胸膛；我充满忧郁的心情。

我抬起头……。在我前边，在两行高大的白杨树中间，一条大路像一支箭似的伸向远方。

穿过它，穿过这条大路，离我十步远的地方，在灿烂夺目的夏日的金光里，整整一窝麻雀一个跟着一个地跳跃着，它们敏捷地，开心地，过于自信地跳跃着！

特别是里边有一只麻雀，是那样侧着身子，侧着身子，起劲地跳跃着，鼓起嗉囊，大胆地吱吱喳喳叫着，俨若天不怕地不怕似的！好一个十足的征服者！

而这时，在天空高高地盘旋着一只鹞鹰，也许它注定要来吃掉的正是这个征服者。

我望了望，笑了起来，精神也振奋起来——忧郁的念头顿时消失了：我又感到自己有了面向生活的热情、勇敢和大无畏精神。

让我的鹞鹰也在我头上盘旋吧。

“我们将战斗下去，让一切都见鬼去吧！”

一八七九年十一月

祈　祷

一个人不论在祈祷什么——他总是在祈祷奇迹的出现。任何祈祷都可以归纳为这样的意思："伟大的上帝啊，请使二乘二不等于四吧！"

只有这样的祈祷，才是真正的常见的祈祷。向世界的神祈祷，向最高的主宰祈祷，向康德[①]的、黑格尔[②]的、纯粹的、无形的上帝祈祷——这是不可能的，也是不可思议的。

可是，甚至个人的、活的、有形的上帝，能够做到使二乘二不等于四吗？

任何一个信教的人都应该回答：能够——并且应该使自己相信这一点。

可是，如果理智使他反对这个毫无意义的东西呢？

在这个时候，莎士比亚会来给他帮忙："荷拉秀朋友啊，人世间，有许多东西……"[③]等等。

---

① 康德（1724—1804年），著名的德国唯心主义哲学家。

② 黑格尔（1770—1831年），伟大的德国哲学家，他在制定辩证发展的理论方面起过巨大的作用。

③ 这句话引自《哈姆莱特》。

但倘若在真理的名义下，他遭到别人的反驳，——那么，他就只好重复着那个著名的提问:“真理是什么呢？”[①]

所以，还是让我们喝喝酒，开开心——也做祈祷吧。

一八八一年七月

① 这句问话出自《福音书》。根据《福音书》上的传说，罗马驻犹太省总监彼拉多向基督耶稣提出了这个问题。

俄罗斯语言

在疑惑不安的日子里，在痛苦地思念着我的祖国的命运的日子里，——给我鼓舞和支持的，只有你啊，伟大的，有力的，真实的，自由的俄罗斯语言！要是没有你——想起家乡发生的一切，怎能不叫人绝望呢？然而，这样一种语言如果不是属于一个伟大的民族，是不可置信的啊！

一八八二年六月

第二部分

新的散文诗

会 见[①]

（梦）

我梦见：我走在辽阔的、光秃秃的草原上，遍地是有棱角的大石，头上是黑压压的、低沉的天空。

在石头之间，蜿蜒着一条小路……。我走在这条小路上，自己却不知道，要去哪儿和去干什么……

忽然，在我前边，就在这狭窄的小路上，出现了某种类似薄云的东西……。我开始细看着：云竟变成了一个身材高大、匀称而美丽的女人，穿着白衣裳，腰间系着一条细小的浅色腰带……。她迈着急促的脚步，赶紧躲开我。

我没有看见她的脸，也没有看见她的头发：它们被波浪般飘动着的薄纱遮着。可是，我的整个心都在倾注着她。在我看来，她是很美的，高贵的和亲切可爱的……。我想一定要追上她，想看看她的脸……她的眼睛……。我想看到，我应该看到这对眼睛。

然而，不管我走得多么急，她还是比我走得快，我总是追不

---

① 在这篇散文诗上面，屠格涅夫写了个注："供中篇小说用。" 的确，屠格涅夫把这整篇散文诗差不多一字不差地引入了他当时写的中篇小说《死后》（又名《克拉拉·密里奇》）的第十一章里。

上她。

但是，这时，横着小路，出现了一块扁平的巨石……。它挡着她的去路。女人在它前边站住了……于是，我不无畏惧地跑上前去，由于高兴和期待而打颤。

我什么话也没有说……。可是，她却静悄悄地转身向着我……

而我仍然没有看到她的眼睛。她一对眼睛闭着。

她的脸色是白的……像她穿的衣裳一样白；露出的两只手臂，一动不动地垂着。她整个人好像硬化了；这个女人的整个身躯，脸上的每一个特征，都变得与大理石雕像相似了。

她任何一个肢体都没有弯一下，就缓缓地向后倒去，倒在那块扁平的石板上。这时，我已经躺到她旁边，仰面躺着，像墓上的雕像那样全身挺直，我两只手祈祷般地叠放在胸前，而且我感觉到，我也硬化了。

过了一会儿……。女人忽然稍微欠起身来，接着走开了。

我想向她奔去，可是我不能动弹一下，不能松一松叠放着的手，只好怀着说不出的懊恼，目送她走开。

这时，她突然转过身来，我于是看到了那张生气勃勃的、活泼的脸上，一对明亮的炯炯闪光的眼睛。她那对眼睛注视着我，两片嘴唇默然地笑了起来……。"起来吧，"她说，"到我这儿来吧。"

可是，我还是不能动一动。

这时，她又一次笑起来，随后迅速地走开去，愉快地微微摇着头，头上由小蔷薇花编成的花冠忽然清晰地现出红色。

但我依然一动不动，默默无声地留在我的石板上。

一八七八年二月

我怜悯……

我怜悯我自己，别人，所有的人，野兽，鸟类……一切有生命之物。

我怜悯孩子们和老年人，不幸者和幸运者……怜悯幸运者甚于不幸者。

我怜悯常胜的、凯旋的首领们，怜悯伟大的艺术家，思想家，诗人们。

我怜悯杀人犯和他的受害者，怜悯丑和美，怜悯被压迫者和压迫者。

我怎样从这怜悯中解脱出来呢？它不让我安稳地生活……。它，还有这烦恼。

哦，烦恼，烦恼，充满了怜悯的烦恼啊！人千万不能陷入烦恼之中。

真的，我最好还是羡慕吧！我就羡慕——岩石。

一八七八年二月

诅　咒[1]

我读着拜伦[2]的《曼弗雷德》[3]……。当我读到被曼弗雷德毁害了的女人的幽灵，对他发出自己的秘密的咒语时，我感到有些战栗。

请记住:“让你夜里不能安睡，让你的恶毒的心，永远感到我的不现形迹的、缠绕不去的存在，让它成为你自己的地狱。”

然而，此刻我回想起另一件事……。有一次，在俄国，我成了两个农人——父亲和儿子之间的激烈争吵的目击者。

末了，儿子给了父亲不可忍受的侮辱。

“诅咒他，华西里伊奇，诅咒他这个该死的东西！”老头儿的妻子喊叫起来。

---

① 本文最初原标题为《曼弗雷德》。

② 拜伦（1788–1824 年），英国 19 世纪上半叶伟大的浪漫主义诗人。

③《曼弗雷德》是拜伦的诗剧。诗剧里的主角，就叫曼弗雷德。他是一位有智慧的学者，他把自己出卖给魔鬼黑暗王子，对人类的理智完全感到失望。他在瑞士的阿尔卑斯山上过着孤独的豪华生活，经受过爱情的悲剧，对人生感到非常厌倦，想以自杀一死了之。他曾攀登上少女峰，准备跳进深渊，但被放牧岩羚羊的猎人所救。他曾爱过阿斯塔尔泰夫人。当阿斯塔尔泰夫人死的时候，他去看望她，说他第二天也要死掉。他实践了这个预言。

“好吧，彼得罗夫娜，”老头儿以喑哑的声音回答说，同时画了个大大的十字：“让他的儿子将来也在自己的母亲跟前，把唾沫吐到他当父亲的花白胡子上吧！”

这个诅咒在我看来，比曼弗雷德的诅咒更可怕。

儿子当时瞠目结舌，两腿摇晃，脸色发青——随后走开了。

一八七八年二月

孪生子

我看见过两个孪生子争吵。他们像两滴水那样，彼此相似：脸上的特征，他们的表情，头发的颜色，身材，体格，都十分相像，但却在不可调和地互相仇视。

他们愤怒得同样在痉挛。两张彼此凑得很近而又相似得出奇的脸，同样发红；两对相似的眼睛，同样炯炯闪光，互相威胁；甚至从同样歪着的嘴里，以同样的声调，喷出同一类的恶言秽语。

我忍不住了，随手拉开了其中一个，把他领到镜子跟前，对他说：

“最好你就在这儿，对着这面镜子咒骂吧……。这对你将没有任何区别……而我呢，却不至于感到那么可怕。”

一八七八年二月

鸫　鸟[1]

（一）

我躺在床上，但我睡不着。忧虑折磨着我；沉重的，令人厌倦的、千篇一律的思绪，在我的脑海里慢慢地通过，好像在阴雨迷蒙的日子里，连成一片的云雾的链条，沿着灰色的小山之巅，不停歇地徐徐移动。

啊！那时，我曾以只有在冷酷无情的年代才能够去爱的那种绝望、悲伤的爱情，去恋爱过；当时，我那还没有接触过实际生活的心，已经变得……并不年轻！不……返老还童[2]是不需要的，也是徒劳无益的。

在我面前，窗户的幻影变成了白色的斑点；房间里，一切物件都隐约可见了：它们在夏天清晨烟色的朦胧中，仿佛更一动不动了，更安静了。我看了看表：两点四十五分[3]。在屋墙外面，感觉到的也是那样的静止不动……以及露珠，露珠的整个海洋！

---

① 鸫鸟又名山乌，嘴细长而侧扁，翅膀长而平，叫声动听。它是消灭害虫的益鸟，有时也伤害园艺作物。分布在亚、欧、美洲。在俄罗斯农村随处可见。

② “返老还童”是意译，直译为：“显得比自己的岁数年轻”。

③ 地处北半球的俄罗斯，夏季白天长，一般在早上三四点钟便已临近黎明。

而在这些露珠上，在花园里，在我的窗口上边，一只黑色的鸫鸟已经在唱着歌，啼着，吱吱啾啾叫着——叫得不肯停声，响亮，充满自信。婉转的叫声，灌入我的安静的房间，灌满它的各个角落，灌满我的听觉，灌满我的被无情的失眠症和痛苦的思绪所折磨的脑袋。

这些声音是永恒的象征，——它们象征着一切的清新，一切的冷漠，永恒的一切力量。我从这些鸣叫声里听到了大自然本身的声音，那是美妙的、没有意识的声音，那声音永远没有开始——也永远没有结束。

这只黑鸫鸟，它充满自信地唱着，歌颂着；它知道，很快，无时不在的太阳将按照通常的顺序，闪耀出光辉。在它的歌声里，没有任何自己的东西；它还是那只在一千年以前向着这个太阳致敬，以及将在几千年之后也向太阳致敬的黑色的鸫鸟；到那个时候，在它活泼的发出鸣叫声的身体周围，在被它的歌声撕开的气流里，我的躯体所遗留下来的东西，也许将像肉眼看不见的灰尘那样，被任意摆布。

于是我，一个不幸的、可笑的恋人，要对你说：谢谢，小鸟儿，谢谢你在那忧愁的时刻，在我的窗口附近，这样突然地唱出了有力而奔放的歌儿。

这歌儿没有使我得到安慰，我也没有去寻找安慰……。可是，我双目被泪水润湿，胸膛在微微起伏，片刻间心头悄悄升起一动不动的、死沉的重负。哎！黎明前的歌手啊，那个东西——它不是也像你的欢悦的歌声那样青春焕发和富有朝气吗！

可是，当从周围各个方面涌来的那些冷酷的浪涛，不是今天便是明天，将要把我冲向无边无际的海洋的时候，还值得为自身而悲伤、苦闷和思虑吗？

眼泪流着……但是，我的可亲的黑鸫鸟啊，继续满不在乎地唱着自己无忧无虑的，自己幸福的，自己永恒的歌！

噢，终于升起的太阳，照耀着我发红的脸颊上的什么样的泪水啊！

可是，我仍然微笑着。

一八七七年七月八日

鸫　鸟[1]

（二）

我又躺在床上……我又不能入睡。同样的夏天清晨的景色，又从四面八方包围着我；黑色的鸫鸟又在我的窗口附近歌唱着，我心里的那个创伤又在发烧。

可是，鸟儿的歌声没有给我带来轻松，我也没有去想我的创伤。折磨着我的，是别人的无数裂开的伤口；从这些伤口里，像深红色的水流那样，流着亲人的宝贵的鲜血，无止境地、毫无意义地流着，仿佛雨水从高高的屋顶，流泻到街边的烂泥污地上那样。

数以千计的我的兄弟、同胞死在那儿，死在远方，死在攻不下的要塞的城墙下；数以千计的弟兄，被昏庸的首领们抛到了张着大口的死亡深渊。

他们死时没有怨言；他们被毁灭时，没有懊悔；他们毫不怜悯

① 这篇散文诗是屠格涅夫评论1877-1878年爆发的俄土战争的。1876年，沙皇俄国与奥地利勾结，达成了秘密瓜分土耳其的协定，于1877年对土耳其发动了新的战争，直到1878年3月3日迫使土耳其签订了《圣斯凡诺条约》。对这场不义的战争，屠格涅夫在这篇散文诗里给予以否定和谴责。

自己；那些昏庸的首领们，也毫不怜悯他们。

这儿既没有无辜者，也没有罪人：那像脱粒机震动着一捆捆麦穗那样，是空的呢，还是实的呢——时间将证明。我的创伤意味着什么呢？我的痛苦意味着什么了？我甚至都不敢哭。可是，我脑袋发热，心几乎停止跳动——于是，我，像一个罪人那样，把头埋到令人讨厌的枕头里。

一滴滴热的、沉痛的泪水不断涌出来，从我的双颊流下……滑到我的嘴唇上……。这是什么？是眼泪……还是血？

一八七八年八月

无　巢

我到何处安身？从事什么去呢？我如同一只无巢的独身鸟啊。它羽毛竖起，站在光溜溜的枯树枝上。很讨厌留下来……但飞到哪儿去呢？

这时，它展开自己的翅膀，像一只被鹞鹰一惊而起的鸽子那样，迅速地、迳直地奔向远方。哪儿能发现绿色的、可以栖身的角落，在什么地方能筑起哪怕临时的小巢呢？

鸟儿飞着，飞着，留心地望着下边。

在它的底下，是一片黄色的荒漠，寂静的，一动不动的，死气沉沉的……。

鸟儿急急飞着，飞越荒漠，仍然留心地、忧愁地望着下面。

在它的下面，是一片像荒漠那样黄色的、死寂的大海。诚然，海喧哗着和运动着；可是，在无穷无尽的隆隆声中，在它的波涛千篇一律的涨落中，也同样看不见生命，同样无处栖身。

可怜的鸟儿飞累了……。它两只翅膀的拍动正在减弱下来；它忽高忽低地飞着。它是能够再向天空盘旋上升的……可是，在这无边无际的空中，也不能筑巢啊！

它终于收起翅膀……带着拖得长长的呻吟声，掉进了海里。

浪涛吞没了它……又向前翻腾着，依旧无意识地喧哗着。

我往何处安身呢？我掉到海里去的时刻，是否也到了呢？

一八七八年一月

大高脚杯[1]

我觉得可笑……而且，我对自己感到惊讶。

我的忧郁是真实的，我确实生活得很苦恼，我的感觉是悲伤的和郁闷的。而同时，我力求使它们焕发起来，变得美好起来，我寻找着形象和比喻；我要使我的语言精炼、完美，我正以词句的协韵和琅琅声自娱。

我，像一个雕塑家，像一个首饰匠，勤奋地塑造着，雕刻着，竭力修饰着那只我给自己献上毒物的大高脚杯。

---

① 这篇散文诗和下一篇《谁之罪?》，屠格涅夫都没有写上写作日期。估计都作于 1878 年至 1879 年间。

谁之罪？

她向我伸出了自己温柔的、苍白的手……我却粗鲁无情地推开了她。年轻、可爱的脸庞上，表现出疑惑不解的神情；年轻、善良的眼睛，带着责备的目光注视着我；年轻、纯洁的心，并不理解我。

“我的罪过是什么？”她的嘴唇喃喃着说。

“你的罪过？在最光辉灿烂的苍穹深处，最快活的安琪儿，可能比你更容易犯下罪过呢。

“可是，在我面前，你的罪过依然是很大的。

“你想知道它，知道这个你不可能了解，我无法给你解释明白的罪过吗？

“这个罪过就在于：你——正当青春年华；我——已是老年。”

处世法则

你想成为心情安宁的人吗？那末，去同人们交往吧，不过要一个人生活，对任何事情都不着手去做，对任何事情都不惋惜吧。

你想成为幸福的人吗？那你首先要学会吃苦。

一八七八年四月

爬　虫[1]

我看见过被剁成两截的爬虫。它满身是自己射出的脓水和粘液，却还在抽搐着，并且痉挛地抬起头，伸出舌……它还在威胁着……无力地威胁着。

我曾读过一个可耻的下流作家的小品文。

他一边被自己的唾液憋得喘不过气，喷吐着自己的烂言秽语的脓水，一边也在抽搐着，装腔作势……。他提到"界线"[2]，——他提议要以决斗来洗刷自己的人格……自己的人格！

我于是回想起那条被剁成两截的爬虫，和它的可耻的舌头。

一八七八年五月

---

① 这篇散文诗是暗讽反动的新闻撰稿人马尔格维奇的，他曾恶毒地攻击过屠格涅夫。屠格涅夫在自己的长篇小说《处女地》中和后来在1880年给《欧罗巴通报》的信里，都还提到过这个无耻文人。

② 这里指的是决斗时为双方划定距离的"界线"。

作家与评论家

作家坐在自己房间里的工作台旁。忽然有一位评论家来找他。

“怎么！”评论家扬声地说道，“当我写了反对你的东西，当我在所有那些大块文章、简讯和通讯报导里，像二乘二等于四那样明白地论证过您现在没有、过去也从未有过任何天才，提到过您甚至忘却了本民族语言，谈及过您一向不学无术，而现在您又完全才力枯竭了，衰老了，变成一块破布了，可您还继续在急急地写着，著述着。”

著作家平静地转身向着评论家。

“您写了许多反对我的文章和小品文，”他回答说，“这是毫无疑义的。可是，您知道有关狐狸和猫的寓言吗？狐狸有许多狡猾的办法，但它还是被抓住了；猫只有一个本事，会爬上树去……狗儿却达不到它这样的本领。我也是如此：为了回答您所有的文章，我仅仅在一本书里，就把您整个儿揭穿了；我把小丑的尖顶帽，戴到了您聪明的脑瓜上，——让您将来在子孙后代面前去出风头吧。”

“在子孙后代面前！”评论家哈哈大笑起来，“好像您的书能留传到子孙后代似的！经过四十年，顶多五十年以后，任何人都将不会看您的书了。”

“我同意您的说法，”作家回答道，“不过，这对我说来，已足够了。荷马[①]使自己的忒耳西忒斯[②]流芳万代，但对您的兄弟说来，半个世纪已经够了。您呢，甚至连小丑的永垂不朽也不配。再见，先生……。您说要用名字称呼您？这恐怕不需要吧……不用我，大家也叫得出您的大名。”

一八七八年六月

① 荷马，公元前9至前8世纪著名的希腊盲诗人，史诗《伊利亚特》和《奥德赛》的作者。

② 忒耳西忒斯是荷马的史诗《伊利亚特》中的一个人物。忒耳西忒斯，是希腊文的音译，意为一个果敢的、乖僻的人。

“啊，我的青春！啊，我的活力！”

啊，我的青春！啊，我的活力！

——果戈理[1]

“啊，我的青春！啊，我的活力！”我有个时候也曾经这样感叹过。不过，当我发出这个感叹的时候，我自己还年轻和充满活力。

那时，我不过是想以忧郁的情绪来投自己所好，表面上是在怜悯自己，暗地里是在高兴。

现在，我缄口不语，不再为那些失去的东西唉声叹气，难过伤心……。那些失去的东西，本来就以不能明说的烦恼经常折磨着我。

“嘿！最好别去想吧！”男子汉们坚决地说。

一八七八年六月

① 这句话引自果戈理的名著《死魂灵》第六章第二段。

致……

那不是啾啾叫的燕子，不是爱嬉戏的家燕用尖硬的嘴，给自己在坚硬的峭壁上啄出了小巢……

那是你渐渐熟悉和习惯了他人的冷酷的家，我的有耐性的聪明的人儿!

一八七八年七月

我走在高山之间[1]

我走在高山之间，沿着清澈的河流和谷地……。我的目光不管遇到什么，一切都在告诉我唯一的真相：我曾经被爱过！我曾经被爱过！别的一切我已经遗忘！

我头上天空明亮，树叶飒飒作响，鸟儿在歌唱……。一团团滚动的乌云，在欢快地飞向某个地方……。周围的一切沐浴着幸福，但是我心里却对它感到不需要。

像海涛一样巨大的波浪，冲击着——冲击着我！心里的寂静，却高于快乐和痛苦……。我几乎意识不到自己：整个世界是属于我的！

为什么我那时没有死去？为什么后来还活着我们俩？过去了多年……过去了多年——为使那些糊涂而安乐的日子，变得更美满和更光明，我们却没有献给任何东西。

一八七八年十一月

① 这篇散文诗原为四节六行诗的诗行排列，今为四段散文诗排列。

当我不在世的时候……[1]

当我不在世的时候，当我所有的一切都化为灰烬的时候，——你啊，我唯一的朋友，你啊，我曾那样深情地和那样温存地爱过的人，你啊，想必会比我活得时间更长——可不要到我的坟墓上去……。你在那儿是无事可做的。

请不要忘记我……但也不要在日常的操劳、欢乐和困苦之中想起我……。我不想打扰你的生活，不想搞乱它的平静的水流。不过在孤独的时刻，当善良的心如此熟悉的那种羞怯的和无缘无故的悲伤碰着你的时候，你就拿起我们爱读的书当中的一本，找到里边我们过去常常读的都些页，那些行，那些话吧，——记得吗？——有时，我们俩一下子涌出甜蜜的、无言的泪水。

你读完吧，然后闭上眼睛，把手伸给我……。把你的手伸给一个已经不在的朋友吧。

我将不能用我的手来握它：我的手将一动不动地长眠在地下。然而，我现在快慰地想，你也许会在你的手上感受到轻轻的爱抚。

---

① 据俄文版屠格涅夫著作的注释，这篇散文诗是屠格涅夫献给他一生最亲密、钟情的女朋友、法国女歌唱家波琳娜·维亚尔多的。

于是，我的形象将出现在你的眼前，你闭着眼睛的眼睑下将流着泪水，这泪水啊，就像我和你受美的感动曾经一起洒下的一样，你啊，我唯一的朋友；你啊，我曾那样深情地和那样温存地爱过的人！

一八七八年十二月

沙　钟①

日子一天天了无踪迹地，单调而迅速地逝去。

生活极其迅速地疾驰着，像瀑布前的急流，迅速而没有响声。

它像死神瘦削的手拿着的钟里的细沙一样，平稳和匀调地泻落着。

当我躺在床上，昏暗从各个方面包围着我的时候，我老是仿佛感觉到，正在流逝着的生活所发出的这种微弱的、连续不断的沙沙声。

我并不怜惜它，并不怜惜我还可能作完的东西……。我感到可怕。

我瑟缩起来：在我的卧榻旁边，有一个人影伫立不动……。它一只手拿沙钟，把另一只手放到我的心口上……

于是，我的心在胸膛里震颤和忐忑地跳动着，好像急于要跳动完自己最后的几下。

一八七八年十二月

① 沙钟，一般译为沙漏计时器，一种古老的计时器具。

我夜里起来……

我夜里从床上起来……。我好像听到，有人叫我的名字……在那儿，在漆黑的窗外。

我把脸挨着窗玻璃，贴着耳朵，注目凝视——开始在等待着。

然而，在那儿，在窗口外边，只有树木千篇一律地、杂乱地哗哗响着，那连成一片的烟色的乌云虽然在移动和不断变化，却依然滞留在那里……。天上没有星星，地上没有灯火。那儿令人感到沉闷和很不好受……如同在这儿，在我的心里一样。

但突然，从远处某个地方，发出悲哀的叫声，而且渐渐地在扩大和接近，这是人的嗓子发出的尖细的声音，它从近旁一掠而过，渐渐低沉和静了下来。

“别了！别了！别了！”在它的静息中我仿佛觉得在说。

唉！这是我过去的一切，我一切的幸福，我珍爱过和爱恋过的一切，一切，在永远地，一去不返地和我告别啊！

我向我的消逝了的生命致意，于是，我往床上躺下……像躺到坟墓里。

唉！假如能够躺到坟墓里！

一八七九年六月

当我一个人的时候……[①]

（幻影）

当我一个人，完全地和许久地是一个人的时候，我突然会开始觉得，好像有另一个人在同一个房间里，坐在我旁边或者站在我背后。

当我扭过头去或者突然把眼睛投向我觉得好像那个人所在的地方时，我，当然，看不到任何人。他就在近旁的这种感觉便会消失……但过了一会儿，这感觉又重新出现。

有时我两手抱着头，思索起他来。

他是谁？他是什么？他对于我不是外人……他认识我，而我也认识他……。他好像是我的亲戚……可我们之间有一条鸿沟。

无论声音，无论话语，我对他都不期待……。他毫无动静，像哑巴似的……。然而，他在对我说着……说着某种含糊不清的、难于领悟的——同时又是熟悉的东西。他知道我的所有秘密。

我并不怕他……。但我跟他在一起感到不舒服，而且不想有这么一个我的内心生活的见证人……。虽然如此，我在他身上感

---

①“幻影”一词是转意，直译为:“面貌相同的人”。

觉不到另外一个别的人的存在。你不就是我的幻影么？不就是我的过去的我么？是的，完全正确：在我记得自己是怎样的那个人与现在的我之间，岂不横着整整一条鸿沟？

可是，他并不是按照我的吩咐而来的，似乎他有自己的意志。

老弟，不论是你，也不论是我，在孤独生活那令人厌恶的寂寞里，都不会愉快。

但请你等一等吧……。当我死去的时候，我和你——我的过去的和现在的我——将融合在一起，而且将永远离开这里，飞向那一去不返的影子所在的地方。

一八七九年十一月

爱之路

一切感情都可以导致爱情，导致热烈爱慕，一切的感情：憎恨，怜悯，冷漠，崇敬，友谊，畏惧，——甚至蔑视。是的，一切的感情……只是除了感谢以外。

感谢——这是债务；任何人都可以摆出自己的一些债务……但爱情——不是金钱。

一八八一年六月

空　话

我害怕，我避免空话；但对空话的畏惧——也是一种自负。

于是，在这两个外来词之间，在自负和空话[1]之间，我们复杂的生活在流逝着和变动着。

一八八一年六月

---

① 俄语的“自负”原是从法语Praetendo一词而来，“空话”一词是从希腊语Phrapie而来。

纯　朴

纯朴！纯朴！人们把你叫作神圣的。可是，神圣——这不是人类的事。

谦逊——这才是。它抑制着，它战胜着骄傲。但不要忘记：胜利感本身就蕴藏着自己的骄傲。

一八八一年六月

婆罗门[1]

婆罗门一边瞧着自己的肚脐，一边口中念念有词，以此在向神灵靠拢。

可是，在人身上，有没有比这个肚脐更小的什么神的东西，比这个肚脐更能使人想起和人的脆弱性联系在一起的什么东西呢？

一八八一年六月

① 婆罗门，为印度婆罗门教的祭司。

你哭……

你哭的是我的悲痛；而我哭，是由于同情你对我的怜悯。

然而，要知道，你哭的也是自己的悲痛，因为只有你在我身上看到了自己的悲痛。

一八八一年六月

爱 情

大家都说：爱情——这是最高尚的，最特殊的感情。别一个的“我”，深入到你的“我”里：你被扩大了——你也被突破了；现在从肉体上说你是很超然了，而且你的“我”被消除了。可是，甚至连这样的消亡，也使一个有血有肉的人愤懑。只有不朽之神才能复活啊。

一八八一年六月

真实与真理

“为什么您这样重视灵魂的永生？”我问道。

“为什么？因为那时，我将掌握永久的，毫无疑义的事实……。而按照我的理解，最大的幸福便在这里！”

“掌握真实？”

“当然。”

“对不起；你是否能想象一下如下的情景呢？几个年轻人聚到一起，他们彼此在谈论着……。忽然跑来一个他们的同伴：他的眼睛闪耀着不寻常的光辉，他兴奋得喘不上气，勉强能够说出话来。‘怎么回事呀？怎么回事呀？’‘我的朋友们，你们听着吧，我认识了怎样的真实啊！入射角和反射角相等！还有就是：两点之间最短的路线是直线！’‘真的么！噢，多么大的幸福！’所有年轻人都叫喊道，并且感动得互相拥抱起来。您不能想象类似的情景吧？您在笑……。所以问题在于：真实不能使人得到幸福……。真理却能够：这是人类的，我们尘世间的事……。真理和正义！为了真理，死也心甘情愿。整个生活都应建筑在真实的知识上；但这怎能‘掌握真实’呢？又怎能在这儿寻得幸福呢？”

一八八二年六月

山 鹑[1]

被长期的不治之症所折磨的我，躺在床上想："我这是受的什么报应？我，我，我为什么要受到惩罚？这不公平，不公平啊！"

约莫二十只——整整一个家族的山鹑，聚集在稠密的麦茬地上。它们互相偎依，用嘴刨着松软的泥土，怪幸福的。突然间，一只狗吓得它们一惊而起：它们一下子一齐飞了起来；响了一发枪声，其中一只山鹑带着一边被打伤的翅膀，遍体鳞伤地落下来，艰难地曳着两爪，藏入蒿丛里。

当狗正在寻找它的时候，不幸的山鹑也许同样会想："我们二十只都和我一样……为什么我，恰恰是我中了枪弹，应该死去？在其余的我的姐妹们面前，我这是受的什么报应？这不公平啊！"

躺着吧，病人，趁死亡还没有找到你的时候。

一八八二年六月

① 山鹑，又名沙鸡。

没有比这更大的痛苦了[①]

蔚蓝色的天空，像绒毛一样轻浮的云彩，花香，年轻人的美妙的声音，伟大的艺术作品的灿烂的美，富有魅力的女人脸上幸福的微笑和那对诱人的眼睛……这一切有什么用，有什么用呢?

每隔两小时，要吃一匙子令人生畏的、无效果的药——这就是所要做的。

一八八二年六月

① 这个标题原为意大利语 NESSUN MAGGIOR DOLORE。这句话引自意大利大诗人阿利盖里·但丁（1265–1321 年）的长诗《神曲》的第一部《地狱篇》的第五歌里的三行诗。原诗是：

她对我说："在不幸中回忆
幸福的时光，没有比这更大的痛苦了；
这一点你的导师知道。"

落　难[1]

“这些呻吟声意味着什么呢？”

“意味着我感到痛苦，强烈地感到痛苦。”

“当小溪的流水碰到石头的时候，你听见过它的潺潺声吗？”

“听见过……但这说明什么呢？”

“说明这潺潺声和你的呻吟声都一样是声音，而不是别的什么东西。所不同的只是：小溪的潺潺声可以使别人悦耳，而你的呻吟声，却引不起任何人的怜恤。你不必忍住呻吟，可是你记住吧：这反正是声音，声音，像树木被折裂的嘎吱声一样的声音……声音——而不是别的什么东西。

一八八二年六月

① 屠格涅夫这篇散文诗写于他去世前一年，那时他身患重病（脊椎癌），经常处于痛苦呻吟和孤独感之中。

哇……哇……

我居住在瑞士的那个时候，我还很年轻，很自傲，也很孤单。我生活得沉重而忧闷。尽管什么事都还没有体验过，我已经会烦恼、灰心丧气和发脾气了。世上的一切，我觉得都是渺小的，微不足道的——而且，像一些非常年轻的人所常有的那样，我曾暗自怀着幸灾乐祸的心情有过自杀的……念头。“我要证明……我要报仇……”我想道……。但要证明什么？报什么仇呢？这我自己也不明白。我的血简直像封住了的酒樽里的酒一样在沸腾……而我觉得，应该让这樽酒倒出来，该是打碎局促的酒樽的时候了……。拜伦是我的偶像，曼弗雷德是我的英雄。

一天晚上，我像曼弗雷德一样打算到远离人世、比冰河还高的山顶去，到甚至连草木都不生长，只耸立着死寂的峭壁，一切声音都停滞，连瀑布的响声也听不到的地方去！

我打算到那些地方去做什么……我不知道……。也许，是去自杀……。

我启程了……。

我走了许久，起初走大路，后来沿着小径走，不断往上走……越往上走越高。我早已走过了最后一些小房舍，最后一些树木……石头——周围全是石头，——附近看不清楚的雪，向我吹来刺骨的寒气，——夜的影子，像一团团黑魆魆的东西，从四面八方向我靠近。

我终于停了下来。

多么可怕的寂静！

这是死神的王国。

但在这儿只有我一个人，一个活的，怀着自己所有的傲慢的悲伤、绝望和蔑视的人……。一个活的，有意识的，离开了生活，并且不想活下去的人。内心的恐惧使我冰凉，但我却自以为伟大！……

简直是个曼弗雷德！

“一个人！我一个人！”我重复着，“一个面对死亡的人。难道这不是时候了吗？是的，……是时候啦。别了，微不足道的世界。我一只脚正在踹开你！”

突然，在这一刹那间，一种奇怪的，我不能马上理解的，但是活的……人的声音……传到了我的耳际。我哆嗦了一下，细听起来……那声音又重新出现……。这是……这是婴儿的，吃奶的孩子的哭声！……在这荒无人迹的、荒凉的高山之巅，在这看来一切生命早已永远停息了的地方，竟然有婴儿的哭声！……

我的惊讶突然转变为另一种感情，一种激动得喘不上气来的欢乐感情……。于是，我没有去选择道路，就拼命地径直向着这个哭声，向着这个微弱的、可怜的和求救的哭声跑去！

不一会，在我面前隐约出现了一束闪动的火光。我跑得更快了，——经过几个一瞬间以后，我看见了一所低矮的小房子。这种用石头垒成的盖有平顶的小房子，是阿尔卑斯山的牧人一连几个星期用来栖身的。

我推了一下半开的门，就这样闯进了小屋里，好像死神跟踪追着我似的。

一个年轻的女人坐在板凳上，正在给婴儿喂着奶……一个牧人，想必是她的丈夫，坐在她旁边。他俩凝视着我。可是，我什么话也说不出来……只是微笑着，点点头……。

拜伦，曼弗雷德，自杀的想法，我的傲慢和我的伟大，你们现在都躲藏到哪里去了呢？……

婴儿继续哭叫着——于是，我祝福他，祝福他的母亲，也祝福她的丈夫……。

啊，刚刚出世的生命那热烈的哭声，你把我拯救了，你治好了我的病！

一八八二年十一月

我的树

我收到一位过去的大学同学的来信，他是一个有钱的地主，一位贵族。他邀我到他的庄园去。

我知道，他老早有病，眼睛已瞎，肢体瘫痪，仅勉强能走动……。我动身到他那儿去。

在他的广阔的公园里的一条林荫道上，我正好碰见他。他裹着皮大衣——而那时正是夏天，——面容憔悴，身体佝偻，眼角上边撑着草绿色的遮阳伞，坐在一辆不大的四轮车上，后面由两个穿着华丽的仆役制服的侍仆推着……

“欢迎您，”他用阴沉的声音说道，“在我的祖传的土地上，在我的古树的浓荫覆盖下欢迎您！”

在他的头上，一棵高大的千年槲树①，展开着像大帐篷那样宽阔的枝叶。

我于是想道：“噢，千年的大树，你听见了吗？一个半死不活的蛆虫，在你的躯干边蠕动，却在把你叫作自己的树呢！”

① 槲树，又名橡树、柞树。

然而，吹来一阵清风，穿过大树稠密的叶子，响起轻轻的沙沙声……。我觉得好像古老的槲树正以善意的、轻轻的笑声，来回答我的思索，也回答一个病人的自夸。

一八八二年十一月

附录

一份值得珍视的文学遗产

——屠格涅夫散文诗集《爱之路》译后

黄伟经

我国一位年逾六旬的知名散文作家，不久前跟我和几位文艺界朋友谈到俄国文学时说："我读了屠格涅夫的散文诗《老人》，联想到我自己，印象深刻得很。寥寥几百字，写得妙极了！"他还谈到屠格涅夫的其他散文诗篇，又说："在19世纪俄国文学的许多优秀作品中，屠格涅夫的散文诗是个精品。"

在我看来，这位老散文家对屠格涅夫散文诗的赞美和推崇，实在不过分。

伊凡·谢尔盖耶维奇·屠格涅夫（1818–1883年），是我国读者熟悉的，俄国十九世纪卓有成就、著述丰富的伟大作家。他一生写作勤奋，从事多方面的文学创作，写下了大量的诗歌、剧本、小说（包括长篇、中篇和短篇小说）、散文和书简，以收入12大卷的《屠格涅夫文集》计，就约有四五百万言。屠格涅夫这么大量而多样的作品，正如与他同时代的俄国民主主义者、文学评论家尼·亚·杜勃罗留波夫所说，像艺术编年史那样反映了19世纪40至80年代俄国社会的精神生活，并且能够迅速地揣测、反映社会意识中出现的新要求和新思想。

苏联文学奠基人高尔基，把屠格涅夫称为19世纪俄国文学和现实主义作家的杰出代表之一，认为屠格涅夫的众多的著作，是他留下给俄国文学的一份极好的遗产。而在屠格涅夫这份文学遗产中，我以为，他的脍炙人口的散文诗，应该是值得人们重视、珍惜的一个重要部分。

出身于贵族家庭的屠格涅夫，在19世纪50至70年代，是他的文学创作最旺盛的时期。1877年，他写完自己最后一部长篇小说《处女地》之后，接着开始了他晚年最后的文学创作活动，陆续写下了82篇散文诗。他的这些散文诗，都写于他衰老、多病的晚年，而且大部分，都是在他远离祖国的法国等侨居国所作。

屠格涅夫这么多的散文诗作品，在他生前，先后在当时西欧和俄国的一些报刊上发表过一部分，但一直没有成集出版过。直到1930年，即屠格涅夫去世47年以后，有人才把他已发表的51篇散文诗编集成册，出版了单行本。最早把屠格涅夫作品翻译介绍到我国的刘半农，曾于1915年译过几篇屠格涅夫的散文诗，刊登在《中华小说界》第二卷。解放前，我国著名作家巴金曾根据51篇散文诗集的英文本，转译成中文出过一种版本，第一次成册地向我国读者介绍了屠格涅夫的一部分散文诗作品。

现在翻译出版的屠格涅夫散文诗集《爱之路》，是根据俄文版《屠格涅夫文集》第11卷的散文诗部分译出的，收入了屠格涅夫的全部散文诗共82篇。为使读者对屠格涅夫的散文诗有较多的了解，同时也为了能得到有识者对拙译的拙评指正，我愿意在这里写下自己在翻译和重校屠格涅夫散文诗过程中的一些看法和体会。

（一）

阅读、译校屠格涅夫的散文诗，我都被它们优美的文笔，清新的格调，和诗一般的韵味所吸引。有时，我不知不觉地陶醉在欣赏作家所描绘的自然风光美的情感中。我对散文诗《村》的感受，就是如此。

读着、译校着《村》，我仿佛跟着屠格涅夫，走进了十九世纪中叶的俄罗斯农村。瞧啊，在辽阔的俄罗斯乡村，六月的天气，何等明朗："整个天空染满均匀的蓝色；天上只有一片云彩——不知它是在飘浮呢，还是在消散。没有风，天气晴和……空气呢——像刚刚挤出的牛奶那样新鲜！"好像听得到在这晴空里云雀的鸣叫，看得见在村边草地上啃着草，打着响鼻的马群，摇着尾巴的狗，田野里盛开着的大麻花，山谷边成群的柳树，碧清的溪流，粮仓，木屋，土堆上耸着透明耳朵的猫，香气扑鼻的干草堆，正在草堆里玩耍的鬈发的孩子们，彼此在交谈、谑笑的少年们，一个年轻女人用吊桶从井里打水掉出来的闪光的水滴，一个年老的女主人在脖子上绕了三圈的一大挂空心串珠，黄色头巾包裹着的白发，以及她捧出的那罐冷牛奶，瓦罐外壁上的点点露珠，递给客人的那块热烘烘的面包……。真是妙笔神驰，写得多么真实、自然、朴素、细腻！

从散文诗《村》的内容，还可以使人联想到屠格涅夫的著名长篇小说《贵族之家》的一些章节，以及散文特写、短篇小说集《猎人手记》的一些篇章。在这些著作中，屠格涅夫以同样轻快的笔触，鲜明的色彩，描绘了类似《村》的十九世纪中叶俄罗斯农村那种和平、宁静、美丽的景色。

类似《村》那样，可以看到屠格涅夫对大自然的真实，生动的描写，热情的赞叹的，还有他的散文诗《蔚蓝的王国》、《女神》、《海上之行》等。

（二）

对爱情的追求、感叹、赞美、思忆和怀念，是屠格涅夫的不少散文诗所叙述的主题。最近，我国文化界一位前辈在一篇题为《浅谈屠格涅夫》的文章中写道，“屠格涅夫最擅长写‘情书’，可称‘情书圣手’，或干脆有人恭维他是‘情圣’，写的真个是缠绵悱恻，芳香四溢。”这个评语，我以为颇有根据。

什么是爱情？“大家都说：爱情——这是最高尚的，最特殊的感情。”屠格涅夫在《爱情》这篇仅仅一百多字的散文诗里写道，“别一个的‘我’，深入到你的‘我’里：你被扩大了——你也被突破了……。”这是一种别出心裁的，寓意很深的描写。

在《蔷薇》里，屠格涅夫又把爱情比喻为一种“会燃烧”的，“再也无法抑制的感情”。在这篇散文诗中，作家以感人的描述，再现了“她”——一个由爱情而在“沉思着，望着”，经过一番“痛苦的斗争”的情人，在一个秋日雨后的黄昏，重新拿起那朵被她在两小时前丢掉的蔷薇花的情景和复杂心情。“她那对还在闪烁着泪光的美丽的眼睛，勇敢地、幸福地笑了。”屠格涅夫末了写道，“我明白，她也被燃烧起来了。”透过字里行间，人们仿佛感觉得到，被爱情缠扰着的情人的心怎样在忐忑跳动！

赞美纯洁、真挚、高尚的爱情，这是屠格涅夫在自己的许多作品中经常描述的题材和内容。即使到了暮年，他依然在好些散文诗里，倾诉出自己对爱情的向往、追求和思慕。如散文诗《最后的会晤》、《会见（梦）》，《谁之罪？》、《当我不在世的时候……》等，就从几个不同的人情事态以及梦境，描述了作家晚年对爱情的一些心理活动和所流露的思想感情。

我们从屠格涅夫的散文诗里可以看到，即使是在十九世纪连劳动者的人身自由都还谈不上的沙皇时代，屠格涅夫认为，爱情也还不是可以用金卢布换取的。这种对爱情闪烁着民主主义思想火花的认识和理解，在屠格涅夫很有代表性的散文诗《爱之路》中，鲜明地反映了出来。这篇散文诗是那样精炼，原俄文不过三十几个单词，译成中文也还不过81个汉字。可以说，它是屠格涅夫一篇对生活含有某种哲理的内心独白，表达了作家对爱情非常概括的理解和认识。它向人们披露："一切感情都可以导致爱情，导致热烈爱慕，一切的感情：憎恨，怜悯，冷漠，崇敬，友谊，畏惧，——甚至蔑视。"它公开宣称："感谢——这是债务；任何人都可以摆出自己的一些债务！""但爱情——不是金钱！"这两句格言式的散文诗句，既是屠格涅夫自己，又是他对同时代具有民主主义与自由主义思想的人们对爱情所持的观点，对生活所取的态度。直到今天我们读来，它们仍然使人感到亲切，依然没有失去思想的光辉和对现实生活的意义。

（三）

在一些散文诗里，屠格涅夫以发自内心的真挚感情，表达了作家对俄罗斯命运的关心，对祖国的深沉的爱。

从60年代起，屠格涅夫大部分时间都生活在西欧。他几乎每年都要回俄国探望亲友，住一些时日。1880 年，为了参加俄国十九世纪的伟大诗人亚·谢·普希金（1779–1837 年）雕像的揭幕典礼，屠格涅夫回到莫斯科。这是他最后一次回到俄国。他晚年曾多次表示要叶落归根，实现返国长居的宿愿。但是，1882 年，他的脊椎癌病发，终于在病痛的极大折磨和对祖国的苦苦怀念中，于第二年（1883 年）客死在异邦——法国。按照屠格涅夫生前的遗嘱，他的遗体从法国运回彼得堡（今为列宁格勒），被送到沃尔科夫公墓墓地，安葬在与屠格涅夫同时代的俄国杰出的文学评论家维·格·别林斯基（1811–1848 年）的墓旁。

在国外许多年的游子生活，使屠格涅夫更深情地热爱、怀念自己的祖国。而他的这种感情，通过他酷爱的、运用自如的俄罗斯民族语言，更显得深沉、真切和强烈了。散文诗《俄罗斯语言》，就是集中地表达了作家这种感情的有代表性的一篇佳作。

“在疑惑不安的日子里，在痛苦地思念着我的祖国的命运的日子里，——给我鼓舞和支持的，只有你啊，伟大的，有力的，真实的，自由的俄罗斯语言！要是没有你——想起家乡发生的一切，怎能不叫人绝望呢？”这些散文诗句，仿佛从作家的胸膛里一字一词地倾吐出来，读来铿锵，感人肺腑。

另一些散文诗，如《纪念尤·彼·伏列夫斯卡娅》和《鸫鸟（二)》，则通过对女友的缅怀和悼念，对不义的战争的揭露和谴责，形象地反映了屠格涅夫对俄罗斯国家命运的忧虑和关切，对祖国亲人深深的思念和同情。

（四）

到了晚年，屠格涅夫的自由主义幻想，他对民主主义渐进论的信念，已经被19世纪下半叶沙皇俄国和西欧旧世界的现实碰得粉碎。同时，他又住在异国，身患重病，受着病痛、生活和对祖国的怀念等的多种折磨。因此，他在好些散文诗里，流露了令人吃惊、战栗的孤独感，表现出令人不安的消极、悲观、怀疑、失望的思想情调。

《老人》，可说是屠格涅夫描写老年人的心境最为出色的一篇代表作。“黑暗、艰难的日子来到了……。”作家一开始就写道，“你自己的疾病，亲人们的病痛，老年的凄凉和愁闷……。你所钟爱过的一切，你曾无偿地专心从事过的一切，都正在衰微着和消失着。”年老啦，已经像一棵“正在枯萎的、已经弯曲的树”，“叶子更零落，更稀疏了”。“怎么办呢？悲伤？哀悼？”不！“你这样做对你自己，对别人都无所帮助。”作家自问自答道，“那末，你感到懑闷时，请追溯往事，回到自己的记忆中去吧——在那儿，深深地，深深地，在百感交集的心灵深处，你往日的、只有你可以理解的生活将会忽然闪现在你的眼前，发出自己的芬芳，依然饱孕着新绿和春天的爱抚与力量！”然而，毕竟年老了，来日无多。因此，作家最后发出令人颤栗的感叹：“你得小心……可不要朝前看啊，可怜的老人！”

读完这篇短短几百字的散文诗，一个悲凄、孤独，同时以回溯往事来求得慰藉的老人的形象，随即浮现在我们眼前。写得多么凝炼、集中、深刻！

像这一类描述老年人的痛苦、不幸、失望、寂寞和幻觉等的散文诗，屠格涅夫还写有《我将想些什么呢？》、《我夜里起来》、《当我一个人的时候……（幻影）》、《山鹑》、《落难》、《沙钟》等。此外，他还在《世界的末日(梦)》、《对话》、《老妇人》、《虫》、《无巢》等散文诗里，表现出人生的空虚与渺茫，永恒的自然对人的冷漠和残酷，宇宙和个人的毁灭等。

一些评论家根据这些散文诗里的消极甚至绝望的情绪，曾批评、责备屠格涅夫晚年对人生世事表现出来的厌世悲观态度。但这只是屠格涅夫的一个侧面，不是他晚年生活及其散文诗作品的主流。“我的忧郁是真实的，我确实生活得很苦恼，我的感觉是悲伤的和郁闷的。”屠格涅夫在题为《大高脚杯》的散文诗里写道，“而同时，我力求使它们焕发起来，变得美好起来……”。我以为，即使是在他晚年的生活变得越来越艰难，在痛苦失望中挣扎的最后几年，他始终还在向往、追求着光明、进步和美好的未来。这一点，可以从他更多的散文诗里得到证明。

（五）

就是一些谈及疾病、衰老和内心的痛苦、忧虑的散文诗，屠格涅夫也没有忘记歌颂美好的事物，给人传播乐观向上的精神。如散文诗《鸫鸟（一）》和《哇……哇……》等，就是如此。

在《鸫鸟（一）》里，作家描写自己经过失眠和忧虑的折磨，在一个黎明的时刻，由于窗前一只黑鸫鸟的出现和它的悦耳的歌唱，使自己激动不已，重新焕发起对生活的信心和愉快的感情。

《哇……哇……》，是一篇回忆往事的抒情之作。作家从回顾自己年轻时候的自傲和忧闷开始，谈到对拜伦的长诗《曼弗雷德》中的主人公曼弗雷德的崇拜，描述自己曾在一天晚上，迷迷惘惘地想过自杀，最后由于突然听见婴儿的哭声，从而觉醒过来，重新焕发起生活下去的力量。“啊，”作家在末尾写道，“刚刚出世的生命那热烈的哭声，你把我拯救了，你治好了我的病！”

在这些散文诗里，屠格涅夫往往把回忆、记事与抒情融于一体，真实感人地抒发了自己对永恒的自然，对新的生命，对生活的赞美、热爱和追求、向往。

（六）

被称为俄罗斯语言艺术大师的屠格涅夫，在散文诗里，他有意识地使散文接近了诗，又使诗渗入散文，把两者巧妙地结合在一起。因此，在他的散文诗作品中，不论对大自然的描绘，对爱情和生活的赞颂，对人物的刻画，以及状物叙事，写景言志等，都既具有散文的抒情自由、形式活泼、叙述随便、逻辑分明的特点，又具有诗的语言简洁、音韵悦耳、描写集中、明白有力的特点。而这些特点，在他那些类似格言和寓言故事，以及状物感怀的散文诗里，表现得更为明显。

如他的《明天，明天！》，至今仍然有积极的思想意义。它告诉人们，时间不等人，不应该让“度过的每一天，几乎都是那么空虚，那么懒散，那么毫无价值！”不能让“啊，明天，明天！”的叹息来安慰自己就算了。应该掌握住，而且要支配、使用好“一点钟又一点钟消逝了的时间”，积极对待生活，见诸行动——“珍惜生命”，“把希望寄托在生命，寄托在自己，寄托在未来上面”。一个人，如果不是这样积极地对待生活，那么，就必然会被白白过去的一个又一个的“明天”吞掉，甚至“一直到这个‘明天’把他送入坟墓”。这些寓意深刻的思想，屠格涅夫不是以长篇阔论或生硬的语言来告诫或教训读者，而是通过自己发自内心的独白，呼吁，在二三百字的极短的篇幅中，以诗一般的语言来表达的。读着它，琅琅上口，使人们从诗的韵味、想象和散文的叙事、抒情中，自然而亲切地得到启发，从而受到积极的思想感染。

他的《岩石》也是如此。在这篇同样小篇幅的散文诗里，作家同样以诗一般的语言，描绘了海边岩石在春天涨潮时的绚丽景色，回顾了岩石从“熔化开的花岗岩刚刚开始凝固”以来的古老历史，赞美了岩石任由“滚滚浪涛从四面八方冲向它”，“依然还是一样的岩石”的岿然坚定。同时，借景抒怀，抒发了作家自己联想到“少女们的灵魂”，“燃起以前曾有过的火花”的情思。既写景抒情，又状物托志，读来令人击节，诱人沉思！

屠格涅夫的散文诗和其他作品，其语言的确切、优美，文字的千锤百炼、精雕细刻，是人们所公认的。19 世纪末叶俄国评论家斯·阿·安德列夫斯基说过，屠格涅夫的文笔淳朴而绚丽。列宁高度赞扬屠格涅夫语言的准确和生动，曾把屠格涅夫与托尔斯泰、杜勃罗留波夫、车尔尼雪夫斯基并列，称他们为伟大、有力的俄罗斯语言的杰出代表。这些评语，对屠格涅夫说来都当之无愧。

（七）

从屠格涅夫的散文诗里还可以看到，在创作上，这位文学大师发扬了自己一向擅长的形象鲜明、描写紧凑、深入概括的创作和写作方法。他许多散文诗所描写的人物、事件，直至一个生活片断，一个故事情节，都是那么集中、突出而又深入、细致，既没有多余的细节，也没有不必要的穿插，或没有一句多余的句子。在这方面，他的散文诗《麻雀》和《玛莎》，给我留下了不能忘怀的、极其深刻的印象。

《麻雀》的情节非常简单，却写得情景交融，十分细腻、感人，它写的是作家和他的猎狗，跟一只老麻雀扑下来救护小麻雀的一次偶然的遭遇。

> 我顺着林荫路望去，看见了一只嘴边还带黄色、头上生着柔毛的小麻雀。它从巢里跌落下来（风猛烈地吹动着林荫路上的白桦树），呆呆地伏在地上，孤苦无援地张开两只刚刚长出羽毛的小翅膀。
>
> 我的狗慢慢地逼近它。忽然，从附近一棵树上飞下一只黑胸脯的老麻雀，像一颗石子似的落在狗的嘴脸跟前——它全身倒竖着羽毛，惊惶万状，发出绝望、凄惨的吱吱喳喳叫声，两次向露出牙齿、大张着的狗嘴边跳扑前去。

读到这儿，一只小雀儿的动物本能的母性爱场面，惊心动魄地展现在人们的眼前。读者的心，也在随着一场弱小与强大、生与死的搏斗而抖动！

在《玛莎》这篇散文诗里，屠格涅夫以非常洗炼、集中、精致的描写，生动地叙述了一个来自农村的青年马车夫，为失去爱妻而深切悲痛的故事，从一个小小的侧面，反映了十九世纪俄罗斯农民的命运，和作家对他们的同情。读后掩卷，我们面前仿佛还站着那个贫苦的青年农民，由于悲痛，他还在沉重地叹着气，用手套揩着眼泪，用拳头捶打着地板。好像还听得见他对死去的妻子的哭唤声："玛莎！玛莎呀！""你这贪得无厌的东西！……你吞噬了她……也把我吞噬掉吧！唉，玛莎！"

用的笔墨是那么少，展现在我们面前的人、物、情、景，又是那么真实，丰富，形象，生动。这一点，我以为，也是屠格涅夫散文诗的一个重要的特色。

（八）

屠格涅夫生前曾跟同时代作家斯塔秀列维奇谈到，他的不少散文诗，是作为将来创作较大篇幅的作品草稿而产生的。因此，把这些散文诗汇集在一起，就构成了屠格涅夫独具风格的自白诗，遗嘱，以及他晚年反复思考和感受的许多东西的提要或大纲。这里边，既有抒情的独白，幻想的图画，又有含意深刻的讽刺和寓言，富有教育意义的故事等。

面对屠格涅夫散文诗多种多样的题材，尤其就思想内容而言，我注意和感兴趣的，是他那些对劳动者、弱者、不幸者充满友爱和同情的作品。在这里，我首先要提到散文诗《"绞死他！"》。

一个善良、诚实、名叫叶戈尔的勤务兵，被驻地的女房东诬告偷了她的两只鸡，结果被总司令——一个"漫不经心的"将军判处了绞刑。于是，原先"一句话也没有说"的叶戈尔，刹那间变得"完全面无人色"，"两次吃力地喊道：'我的爷！我的爷啊！''上帝明白——不是我！'"然而，出人预料而又在情理之中的是，就在处死叶戈尔的决定宣布以后，"女房东本人吓呆了。她怎么也没有预料到会有这样可怕的决定，也同样在号啕大哭起来！她开始央求大家和每一个人饶恕，同时肯定地说，她两只鸡已经找到了，她自己愿意把一切解释清楚……"。所有这些，就是《"绞死他！"》的主要的思想内容。它，可以说是用诗一般的语言写下的，扣人心弦的一个极短的小说。故事的末尾，作家借他人之口，说出了自己对叶戈尔的为人品质的敬意，和对他无辜被处死的深厚同情：“叶戈鲁什卡，亲爱的，一个遵规守矩的人！”

在屠格涅夫的散文诗集中，像这一类题材的优秀之作，还有《菜汤》、《两个富翁》、《乞丐》等。

（九）

屠格涅夫的相当一部分散文诗作品，富有深刻的社会意义，展示了人生的某些哲理。透过它们，可以看到作家对人生怀抱着信心，对生活充满热情和健康、乐观精神的思想闪光。

两篇题为《处世法则》的散文诗，都精辟地阐述了两种不同的人生处世态度。其中一篇尖刻地抨击了一个善于造谣中伤的，“狡猾的老家伙”的卑劣品行；另一篇则告诫人们，一个人活在世上是游手好闲，什么事也不干呢，还是首先要“学会吃苦”，才能“成为幸福的人”。

《门槛（梦）》借助于刻画一个心甘情愿承受一切苦难的俄罗斯姑娘，从侧面反映了19世纪俄罗斯妇女投身于革命运动的献身精神。

《斯芬克斯》，使人联想到古希腊的神话，俄罗斯的普通农人，以及从神话到人的精神联系。

《两首四行诗》描绘了真正诗人尤尼和蹩脚诗人尤利所受到的完全不同的待遇，说明自诩为诗人的尤利作诗只是“逢时”的模仿抄袭，其实并不真正懂得诗。

《我的树》，赞美千年槲树的同时，形象、生动地揭露了把千年的大树“叫作自己的树”的，已经病得半死不活的一个贵族的贪婪、狂妄和无知。

《两个富翁》，热情地讴歌穷得“连盐也买不起”的，却收养了侄女的农人夫妇，令人信服地赞美他们夫妇俩的这一行动，实在要比掏出巨款用于“扶济老弱”的大富翁的善举高尚得多，可贵得多。

《作粗活的人和不作粗活的人》，以充满哀伤和隐痛感情的笔触，剖示了十九世纪俄国劳动者的愚昧。这篇佳作，就其主题思想来说，简直可以和鲁迅的短篇小说《药》相媲美!

还有一些散文诗，如《施舍》、《上帝的宴会》、《敌与友》、《我们将战斗下去！》、《祈祷》、《婆罗门》等，屠格涅夫都寓有自己思考人生的某种哲理，或闪烁着作家认识和理解生活的某种思想火光。读来都使人有如吃了甘果，细嚼之后，深有回味。

（十）

作为一个忠实于生活和正直为人的作家，屠格涅夫还写了一些揭露和抨击各种丑恶的社会现象和人的卑劣品行的散文诗。其中我以为具有更多、更普遍的社会意义的作品，有《爬虫》、《小丑》、《得意的人》、《利己主义者》等。

屠格涅夫晚年，曾受到品质很坏的文人马尔格维奇的污蔑、攻击。马尔格维奇写了一篇小品文，以粗鲁、恶毒的言语诽谤屠格涅夫，激起屠格涅夫的愤怒。散文诗《爬虫》，就是他对这个下流文人的回答。屠格涅夫形象地把马尔格维奇比作一条没有灵魂的，“被剁成两截的爬虫”，“满身是自己射出的脓水和粘液，却还在抽搐着，痉挛地抬着头。”这样的描述，实在比一篇评论更有力、更深刻，表现出这位享有崇高声誉的正直的作家对无耻文人的蔑视与憎恶。

《小丑》，生动地塑造了一个到处造谣中伤他人，并以此为手段而爬上“权威”高位的小丑的形象。读完它，会使人联想到：这一类在十九世纪的俄国和中国都随处可见的小丑，过了一个世纪，今天也远没有绝种呢！

《得意的人》，以朴素、精致的语言，描绘了一个以散布谎言自以为得计的、居心叵测的年轻的造谣者的嘴脸。读后同样使人想到：类似这样以造谣为能事的、可鄙可笑的角色，今天在我们周围，不是也常常还可以看到吗？

《利己主义者》，以概括、鲜明的笔法，赤裸裸地揭露了一个刚愎自负的、极端利己主义的人的可憎面目和恶劣的品质。这样的利己主义者，我们今天不是也还可以在某些人身上发现他的影子吗？

读着屠格涅夫这些散文诗，我更加深切地体会到：人类历史上一切优秀的文学艺术，是不受种族和国界的限制，跨越时空而存在下去，继续为后人所理解和接受，显现出它们的长久的生命力的。

（十一）

写到此处，我这篇译后记可以搁笔了。

拙译的这个小册子，将是在我国第一次出版的完整地收入了屠格涅夫全部 82 篇散文诗的中译本，对它的翻译和出版，我似乎还可以再说几句。我从 60 年代初开始翻译屠格涅夫的散文诗，在“文革”前夕已全部译出了初稿，并且曾在当时香港进步文艺刊物《文艺世纪》连载过。可是，在十年浩劫期间，我这些译稿和保存的刊有拙译的香港《文艺世纪》，都同我一起在劫难逃，几经抄家，已大部分散失了。现在的译文，除得到朋友的帮助，从香港影印了原已发表在《文艺世纪》的一部分以外，大部分都是近年来重译过的。重译的，又陆陆续续在一些刊物上发表了一部分。在这次成集出版时，不管旧译和重译的，我都逐篇对照原文重校了一遍，又作了一些文字上的推敲、修饰。

近年来，我国出版界活跃空前。先后承蒙三个出版社答应出版拙译屠格涅夫散文诗集《爱之路》。其中，湖南人民出版社的编辑和编辑部负责人，不仅频频来信，还前来广州催促交稿。他们对待译作者的热情、诚挚和组织书稿的积极、认真，实在叫人感动。在这种情况下，我只好在这里向另两个出版社再一次表示歉意和谢意。

末了，再次敬请读者和有识者对拙译予以教正，以便将来有可能使译文有所改进。

一九八一年春节写于广州

第一版第二次印行后记

黄伟经

屠格涅夫散文诗集《爱之路》第一版印了三万六千余册，不到三个月就售完了。这说明，读者对屠氏散文诗是欢迎的；对译者自然是个莫大的鼓舞。

屠格涅夫散文诗集《爱之路》出版后，我陆续收到一些作家、老前辈和翻译界同行的来信，他们除了对译者表示鼓励以外，还对屠氏这本散文诗集的出版及其封面设计等，发表了意见。一位知名的散文作家来信认为，“收进了屠格涅夫全部散文诗 82 篇的《爱之路》首次成集出版，可以说是向我国读者介绍外国优秀散文诗作的一件很有意义的事。”两位中年作家来信说，读了《爱之路》以后，觉得屠格涅夫的散文诗对他们的小说创作也将有所启发、帮助；他们还对《爱之路》的书名及其封面设计表示欣赏。一位画家朋友来信赞扬《爱之路》的封面设计，认为它“生动、传神，富有诗意，较易为一般读者所理解和接受。”另一位著名漫画家则认为，《爱之路》的封面设计是很美的，但似乎反映沙俄时代的色彩还不够浓。一位年近七十岁的老作家在来信中还建议，“用《屠格涅夫散文诗集》作为书名似乎更好些，比以《爱之路》的篇名作为书名更全面些，贴切些。”这些来信，表明了这些作家、画家和老前辈对出版屠氏散文诗集的关心和对译者的爱护，借此第二次印行的机会，谨向他们表示由衷的感谢。

在这里，我还要特别感谢我的老同学、广东梅县地区师范学校的刘发清和老朋友、天津某研究所的邹金华，他们十分认真仔细地阅读了拙译，除了指出译文中七、八处误植的字外，还对译本的个别词意和一些修辞上的问题，总共提出了近四十条修改的意见和建议。两位朋友的意见和建设，绝大部分都相当中肯或更接近准确，再印时我都一一采纳，根据或参照他们的意见和建议，对译文中的一些词句甚至个别散文诗篇的标题，作了修改或润色。

为了使译文尽可能更确切，更符合原作，在这次再印时，我又一次有重点地对照俄文版屠格涅夫散文诗集原著，把一些我在翻译时已经感到难度较大之处，重校了一遍，并对其中一些词或词组做了修饰。

屠格涅夫散文诗集《爱之路》出版后，北京《人民日报》和香港一些进步报刊，曾先后发表评介文章。广东花城出版社出版的大型文学丛刊《花城》，于 1981 年第 4 期发表了拙作《浅论屠格涅夫的散文诗》。在这篇“浅论”中，我进一步补充和阐述了自己在本书译后记中对屠格涅夫散文诗的认识和评价，为便于读者参考，特将“浅论”一文中几段内容，分别抄录在这里：

> 屠格涅夫不仅是个作家，而且是俄国资产阶级民主革命的一个坚强勇敢的战士。他宣称：“决不同农奴制妥协！”他的所有作品，充满人道主义精神，揭露、抨击农奴制和沙俄专制制度的黑暗和罪恶，对俄罗斯人民的苦难深表同情。
>
> 屠格涅夫的散文诗，从内容看，大体可分为这么几类：

对俄罗斯劳动人民不幸际遇的同情，对他们的高贵品德和献身精神的讴歌；对俄罗斯祖国的热爱与对其命运的关心；对农奴专制制度的揭露和抗议，对贵族地主的讽刺和鞭挞；对作家生活时代的俄国社会时弊恶习的批判；对纯洁的爱情的赞美；对作家自己暮年悲凉心境的披露。总的看来，对于祖国和人民的深厚的爱，对专制统治者的深刻的恨，构成了屠格涅夫散文诗的主要旋律。散文诗像一支优美与和谐，激昂与恬静，苦涩与甘甜，对光明的追求与对黑暗的揭露，叙事与抒情交织在一起的内涵丰富的交响乐，敲击着读者的心扉，具有巨大的感人力量。以现实主义为根基，以抒情凝练的文笔为躯干，屠格涅夫的散文诗还似一棵五彩斑斓的大树，在树上有毒蛇恶豸的喧嚣，也有人类美好心灵的赞叹，它那俊俏、丰丽的姿影，使人留连难忘。

屠氏散文诗不仅是俄国文学，也是世界文学遗产中的一颗闪射着光彩的明珠，它不但可以和作家的著名小说相媲美，而且在俄国和世界文学的散文诗作中占有一席地位。可以这样说，屠格涅夫的散文诗，是他一生的思想和艺术创作的总结。

在我看来，从事文学作品的翻译，在好些方面，实在比从事文学写作更困难。拙译屠格涅夫散文诗集《爱之路》再印后，我继续期待着翻译界和读者朋友们的教正。

一九八一年十一月下旬于广州

第一版第三次印行后记

黄伟经

从湖南人民出版社来信中得知，屠格涅夫散文诗集《爱之路》要第三次印行；我没有料到，它第二次印行四万余册，竟比初版销售得还快。这正如诗人、散文家袁鹰同志所说：“这件事很叫人高兴。……这就说明，屠格涅夫的散文诗在作家去世 100 年后，又在吸引、征服着我国新一代的读者。82 篇散文诗，像 82 颗晶莹璀璨的夜明珠，继续散发着熠熠动人的光彩。”（见北京《文艺报》1982 年第 8 期，袁鹰：《一份珍贵的世界散文遗产》。）

《爱之路》出版至今一年多来，海内外先后有近十个报刊对它作了介绍或发表了评论文章。这些介绍和评论，对帮助读者增加对屠格涅夫散文诗的认识和了解，无疑起了很好的作用。

据北京《中国青年报》和上海《文汇报》报道，在 1982 年初召开的全国三好学生、优秀学生干部和先进集体代表会议上，胡乔木同志在讲话中给大家念了屠格涅夫的散文诗《门槛（梦）》，鼓励青年们为了革命的信仰，要勇于跨越可能会遇到的各种困难和牺牲的门槛。据了解，北京、上海、广州几所大学的一些同学，曾在文娱晚会和毕业生晚会上朗诵过屠格涅夫的一些散文诗。上海人民广播电台还举办了欣赏这位大作家的散文诗的专题节目。

的确，屠格涅夫的散文诗，以它们深刻的意境、精美的语言所产生的巨大魅力，正在我国赢得愈来愈多的读者。

在我国，成集评介屠格涅夫散文诗的工作，早在60年前就开始了。上海《书林》1982年第2期发表了傅立沪同志写的《屠格涅夫散文诗的中译本》一文，以他搜集的译本，为我们提供了我国自二十年代以来翻译出版屠格涅夫散文诗集的概况。我在《爱之路》的“译后记”中，把文坛前辈巴金同志据英文版本翻译的译本当作第一个中译本，并不确切。事实上，第一个中译本《屠格涅夫散文诗集》是五四运动后的产物，由徐蔚南、王维克根据英文合译，收40篇，1923年元月由新文化书社出版。其后，1929年12月，北新书局出版了白隶、清野合译的《屠格涅夫散文诗》，收49篇，1930年7月，又有罗森根据英文译出的《屠格涅夫散文诗》，世界文艺书社出版，收51篇。巴金同志的译本，是1945年5月由文化生活出版社出版的，流传甚广，影响较大；同一年，牛尖夫在成都自立语文学会出版了“俄华英对照”的《屠格涅夫散文诗选》(收散文诗十篇)，以及出版了李岳南据英文本译出的《散文诗》，收入屠格涅夫散文诗39篇。

翻译介绍外国文学名著，是一项严肃、艰苦的工作。拙译屠格涅夫散文诗集《爱之路》出版以来，虽然受到读者欢迎，得到一些作家和翻译界同行们的赞扬、鼓励，但毫不表明拙译本已经完善。相反，我认为拙译本不少译文，还大有可推敲、改进之处。在这次印行前，我将《爱之路》过半译文又重点地校了一次，对其中一些词、词组以及个别句子、标点，又做了些修饰或改动，共达五十余处之多。

《爱之路》第二次印行后，我又收到一些中学、大专院校的老师、青年朋友和文艺工作者的来信。他们在信中对译者充满友爱之情的话语，感人至深的鼓励，是对我的莫大鞭策。他们好些来信，还对《爱之路》的译文，提出了不少宝贵的意见。这些意见，都使我得益不浅；我这次重校时，或作参考，或予采纳。在这里，让我再次向这些给我来过信的、我认识和不认识的朋友们，表示由衷的谢意。

一九八二年十月初于广州

再版后记

黄伟经

接湖南人民出版社通知，拙译屠格涅夫散文诗集《爱之路》印行三次共十四万四千余册之后，即将排印第二版。作为这个集子的译者，得知这个消息，深深受到鼓舞。在再版即将交付印刷前，我抽出大部分早晚工余时间，对这个集子的82篇散文诗的译文，逐篇逐句对照俄文版原著，尽自己的绵薄之力和有限水平，努力做了一番全面的校订工作。

这次校订，经过仔细推敲，改动是比较大的。如果把一句话、一个单词、一个词组、一个注释以及一个标点符号的改动都计算在内的话，那么，可以说每一篇都有。这次的校订和改动，大体有如下几个方面：

一、校正个别译文中的讹错。如《哇……哇……》这篇散文诗里，由于粗心，译时竟把拜伦长诗中的曼弗雷德误译为罗尔德；此外，我把婴孩的哭声“哇”译为“唔”，也很不恰切。又如在《门槛(梦)》里，把“门里边”误解为“门外”。通过这次校订，类似这样纠正个别句子、词或词组的讹错的地方，在《村》、《婆罗门》等篇里也有。

二、补正个别篇里的漏译。如《纪念尤·彼·伏列夫斯卡娅》这篇的标题中，原来漏译了伏列夫斯卡娅的父名的简写“彼”。又如，在《明天，明天！》里，漏译了“好啦——一旦在坟墓里”这个短句。类似这样的漏译，尚有若干处，都在这次校订中一一补译出来。

三、改译。在这次校订中，对于多义词——包括某个名词、形容词、动词、副动词等的改译，某个句子结构形式的变动，以及某个标点符号的更改较多。如在《沙钟》这篇散文诗里，我原来把 Песочные часы 译为“淡茶色的表”，现在改译为“沙钟”。俄文 Песочные 这个形容词，有三种意思：一是砂子的，或沙土制的，二是沙土色的（口语），三是酥的；часы 则是钟、表的意思。按照 Песочные 的第一个词意，根据现在通用的刘泽荣主编的《俄汉大辞典》，应译为“沙漏计时器”。但我翻译时，考虑到连我在内的中国读者大抵都没有见过“沙漏计时器”，不一定明白这是什么意思，加上从文字上想译得雅致一点，我按第二个词意译出，又把“沙土色的”转意译为“淡茶色的”。现在改译为“沙钟”，我的理解是把第一个和第二个词意都可以包括进去的。但考虑到 Песочные часы 原先已有译名，为了便于读者理解，我把它改译为“沙钟”后，还加了个注释。又如在《村》里，我把 На Тысячу верст Кругом Росоия 从原来直译为“在周围一千俄里之内，便是俄罗斯”，改译成“周围一望无垠的俄罗斯啊”，同时为使读者了解原著的单词构成，我也加了个注释。至于一词多义的改译，如把“严酷”改为“冷酷”，把“谨慎的”改译为“小心的”等等，那就更多了。

四、订正和增补注释。在这次校订中，除改正原来译文注释的一些不够准确之处外，又根据俄文版《屠格涅夫文集》（12 卷集）

的编者说明、注释和俄文版大百科辞典等，对四十多篇散文诗增补了一些注释。

我所以要费较大精力做这些校订和注释增补工作，本意自然是想使拙译无论在准确性和语言风格方面，都能进一步传达、体现原著的内容和风采。但我做得如何？能多少接近或达到这个目的呢？我不敢妄断，还是请读者、翻译界朋友和专家、学者们检验吧。我怀着热诚的感情，随时愿意听取读者和朋友们的批评指正。

1983 年 10 月，为纪念屠格涅夫这位杰出的俄国现实主义文学大师逝世 100 周年，我国苏联文学研究会在厦门举行了屠格涅夫著作学术讨论会。在这次学术讨论会期间，我得以有机会向与会的翻译界同行和一些在翻译、评介和研究屠格涅夫作品方面卓有成就的学者、专家们求教。翻译界老前辈戈宝权同志真挚、热情地给我谈了他对屠格涅夫散文诗的一些理解和体会，而且对拙译中若干讹错及不够准确之处，非常恳切地给我提出了宝贵的意见。在这里，我再次向他表示谢意。

在此，我还要衷心感激一位热情的、不愿意向我透露真实姓名的翻译家。她为本书的修订本付出了辛勤的、值得永远珍视的劳动。

散文家、诗人袁鹰同志同意将他发表在北京《文艺报》上的文章《一份珍贵的世界散文遗产》收入拙译作为代序。他在此文中对译者的一些赞誉之词，我谨把它看作是对我的鼓励和鞭策。

最后，顺告读者：从第二版起，拙译这个集子由湖南人民出版社收入他们出版的“诗苑译林”丛书，将原来的书名《爱之路》改为《屠格涅夫散文诗集》。

一九八四年春节前夕于广州

图书在版编目（CIP）数据

爱之路：散文诗集 /（俄）屠格涅夫著；黄伟经译. —北京：商务印书馆，2012
（涵芬书坊）
ISBN 978－7－100－08839－8

Ⅰ.①爱… Ⅱ.①屠… ②黄… Ⅲ.①散文诗—诗集—俄罗斯—近代 Ⅳ.①I512.24

中国版本图书馆 CIP 数据核字（2011）第274612号

爱 之 路
散文诗集
〔俄〕伊·谢·屠格涅夫 著
黄伟经 译

商 务 印 书 馆 出 版
（北京王府井大街36号 邮政编码 100710）
商 务 印 书 馆 发 行
三 河 市 祥 达 印 装 厂 印 刷
ISBN 978－7－100－08839－8

2012年4月第1版 开本 889×1194 1/32
2012年4月北京第1次印刷 印张 6¼
定价：28.00元

涵芬书坊

第一辑

001 亡灵对话录 〔法〕费讷隆 著
周国强 译

002 艺术家画像 〔奥〕里尔克 著
张　黎 译

003 莫斯科日记　柏林纪事 〔德〕本雅明 著
潘小松 译

004 哲学讲稿 〔法〕涂尔干 著
渠敬东 杜　月 译

005 河上一周 〔美〕梭　罗 著
陈　凯 译

006 致死的疾病 〔丹〕克尔凯郭尔 著
张祥龙 王建军 译

007 致外省人信札 〔法〕帕斯卡尔 著
晏可佳 姚蓓琴 译

008 爱之路 〔俄〕屠格涅夫 著
黄伟经 译

009 地狱　神秘日记抄 〔瑞典〕斯特林堡 著
潘小松 译

010 传统与个人才能 〔英〕艾略特 著
李赋宁 译注